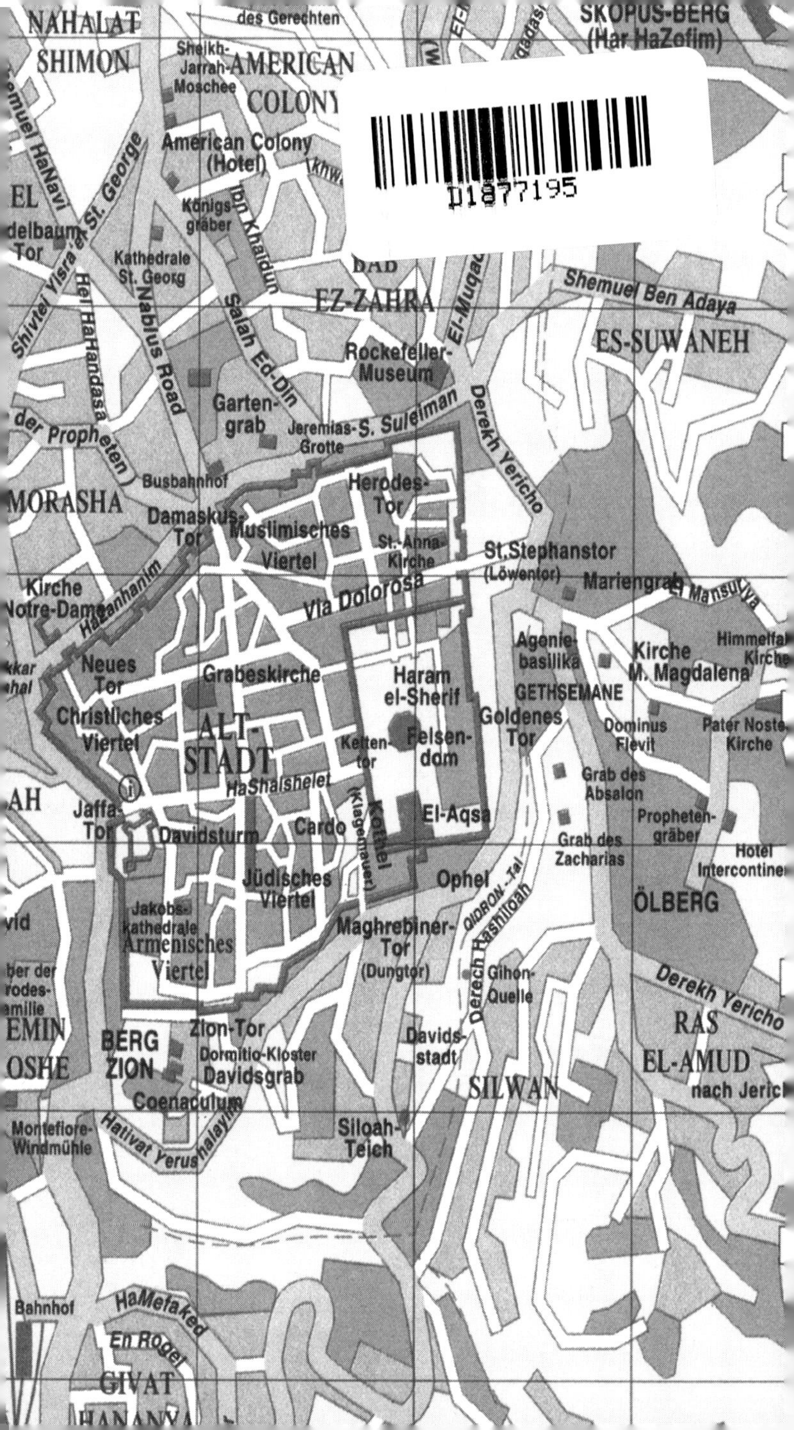
NAHALAT SHIMON
des Gerechten
SKOPUS-BERG (Har HaZofim)
Sheikh-Jarrah-Moschee
AMERICAN COLONY
American Colony (Hotel)
Shemuel HaNavi
St. George
EL
delbaum-Tor
Königsgräber
Ibn Khaldun
Kathedrale St. Georg
Shivtei Yisra'el
Hel HaHandasa
Nabius Road
Salah Ed-Din
BAB EZ-ZAHRA
El-Muqad
Shemuel Ben Adaya
ES-SUWANEH
Rockefeller-Museum
Gartengrab
Jeremias-Grotte
S. Suleiman
Derekh Yericho
der Propheten
Busbahnhof
MORASHA
Damaskus-Tor
Herodes-Tor
Muslimisches Viertel
St.-Anna-Kirche
St.Stephanstor (Löwentor)
Mariengrab
El Mansuriya
Kirche Notre-Dame
HaZanhanim
Via Dolorosa
Agoniebasilika
Kirche M. Magdalena
Neues Tor
Grabeskirche
Haram el-Sherif
GETHSEMANE
Christliches Viertel
ALT-STADT
Kettentor
Felsendom
Goldenes Tor
Dominus Flevit
Pater Noster Kirche
HaShalshelet
Grab des Absalon
AH
Jaffa-Tor
Davidsturm
Cardo
Kotel (Klagemauer)
El-Aqsa
Prophetengräber
Grab des Zacharias
Hotel Intercontinental
Jüdisches Viertel
Ophel
QIDRON-Tal
Derech Hashiloah
ÖLBERG
Jakobskathedrale
Armenisches Viertel
Maghrebiner-Tor (Dungtor)
Gihon-Quelle
Derekh Yericho
EMIN
OSHE
BERG ZION
Zion-Tor
Dormitio-Kloster
Davidsgrab
Coenaculum
Davidsstadt
SILWAN
RAS EL-AMUD
nach Jericho
Montefiore-Windmühle
Hativat Yerushalayim
Siloah-Teich
Bahnhof
HaMefaked
En Rogel
GIVAT HANANYA

Mord in Betlehem

Gerald Szyszkowitz

Mord in Betlehem

Roman

Wien Verlag

Personen und Handlung
sind frei erfunden. Jede
Ähnlichkeit mit lebenden
Personen ist ungewollt
und wäre rein zufällig.

Umschlaggestaltung unter Verwendung einer Zeichnung des Autors.

Satz: Zehetner GesmbH, A-2105 Oberrohrbach
Druck: Theiss Druck, Wolfsberg

ISBN 3-902099-00-3

Erster Teil

1 Am Morgen nach dem vierten Adventsonntag ruft Monsignore Weis, der Rektor des Österreichischen Hospizes in Jerusalem, die TV-Journalistin Nadja Assad schon kurz nach sieben an, entschuldigt sich für die Uhrzeit und sagt, einer weihnachtlichen Pilgergruppe sei am Vorabend Unangenehmes passiert, trotzdem würden fast alle Beteiligten heute wie vorgesehen um acht mit dem Bus nach Nazareth fahren. Der Reiseleiter sei zwar auch verletzt, aber nur leicht. Wenn sie Lust habe, mit den Leuten noch vor der Abfahrt zu reden, könne sie die in einer halben Stunde in der Cafeteria des Hospizes treffen. Eine Liste mit den Namen lege er ihr zum Pförtner. Die Frau, die es am ärgsten erwischt habe, sei aus Agram, eine andere aus Kassel … Er sage ihr das alles nur, weil er ja wisse, dass Nadja für ihre Zuschauer immer spezielle Nachrichten mit einem Mitteleuropabezug brauche. Und sie möge doch bitte gleich betonen, dass das alles nicht so schlimm sei. Bevor gröbere Gerüchte entstünden.

Nadja sagt lächelnd, sie würde gerne kommen, wisse aber noch nicht, ob sich dieser Besuch mit ihren anderen Terminen vereinbaren lasse … Nadja muss nämlich, das sagt sie dem hochwürdigen Herrn aber nicht, selbst zum Arzt. Gestern hat sie ihr Baby im Ultraschall gesehen. Es ist noch sehr klein, aber die Ohren, die Nase und die Lippen sind deutlich zu erkennen, und Doktor Tennenbaum meint, nun sei er sicher, dass es ein Mädchen sei … Kurz, da es ihrem Kind gut geht, geht es auch ihr gut, spürt sie, jedenfalls besser als in den letzten Wochen. Ihr Körper scheint sich an die Umstellung zu gewöhnen, die tägliche Übelkeit ist weg, und sie findet, sie sieht nicht nur jünger, sondern sogar hübscher aus als im Herbst, ja, Tennenbaum, ihr charmanter, kleiner Arzt aus Argentinien – seine Eltern haben vor dem Zweiten Weltkrieg aus Wien nach Buenos Aires flüchten müssen – hat ihr tatsächlich erklärt, ihre Falten an den Augen seien deswegen verschwunden, weil sich in ihrem Körpergewebe durch die Schwangerschaft mehr Flüssigkeit angesammelt habe. Und das ist sicher richtig, sie fühlt sich rundum voller … Unangenehm ist nur, dass ihre dunklen Pigmentflecken, Erbteil ihres libanesischen Vaters, im Gesicht und am Hals noch dunkler geworden sind, aber was ist das alles gegen ihre tiefe Vorfreude auf das Baby …

Ja, Nadja müsste wirklich zum Arzt, aber ihre journalistische Neugier zwingt sie, erst kurz im Hospiz vorbeizuschauen. Ganz koscher scheint das nicht zu sein, was sie da gehört hat, würde Günter sagen, ihr Mann, der in Wien studiert hat und deswegen auch hier in Jerusalem mehr herumjüdelt, als ihr lieb ist … Also wie war das? Eine Pilgergruppe soll am Abend auf offener Straße überfallen worden sein? Aber ein Raubüberfall war es nicht? Was dann?

An diesem windigen, bedeckten Wintermorgen ist es, nach den letzten schönen Spätherbsttagen, abrupt kühl geworden in den engen Gassen der Altstadt. Auch wenn man schnell geht und den Mantel am Hals zuhält wie sie, spürt man die kalte Luft ... Sie öffnet die schwere Tür zum ebenerdigen Torbau, läutet innen am Gitter, der Öffner surrt, sie geht die paar Stufen hoch, an der weißen Gipsmadonna vorbei und durch den Garten zum eigentlichen, säulenbewehrten Eingangstor des Hospizes und empfindet dankbar die plötzliche Wärme in der Halle der mächtigen, österreichisch-katholischen Pilgerherberge. Hier wird brav geheizt. Hier ist es richtig gemütlich warm zwischen den nachgedunkelten Nazarenerbildern und den grellfarbigen Portraitfotos der drei Wiener Kardinalerzbischöfe, dem würdigen Kardinal König, dem verkniffenen Groer und dem ehrgeizig intelligenten Grafen Schönborn.

Nadja sagt dem Pförtner, einem Ex-Dominikaner mit grau meliertem, gestutztem Bart und dem unverwechselbaren Tiroler Namen Unterguggenberger – den alle hier ‚Professor Guggi' nennen –, warum sie da sei, bekommt sofort die für sie vorbereitete Liste mit den zwölf Namen der STUDIOSUS-Reisegruppe und überfliegt sie schnell ... Der oberste Name ist der des Reiseleiters Josef Mitterauer aus Wien, die vier darunter angeführten Ehepaare sind aus Luzern, Bonn, Kassel und Münster, eine Mutter mit dem bemerkenswerten Namen Adele Spielvogel kommt mit ihrer Tochter Michi aus München und eine allein reisende Dame aus Agram. Das ist offenbar die am schwersten Verletzte. Alfreda Strossmayer heißt sie. Nadja versucht, sich diesen Namen einzuprägen, und geht am Ende des mit Steinfliesen belegten Ganges nach links in den kreuzgewölbten Raum der Cafeteria und überlegt, ob sie sich in solchen Situationen nicht vielleicht doch etwas auffälliger geben sollte. Ob sie nicht prinzipiell gleich etwas imposanter in solche ‚Cafés' hineinwehen sollte. Ketten klingelnd, Schal schwingend, Rock fegend, Blusen wedelnd und Taschen schlenkernd, damit jeder gleich merkt, hier ist ‚Persönlichkeit'. Kein Bedarf an Smalltalk. Ein Schuss ‚intellektuelle Beißzange' und ein Hauch ‚bunter Vogel' würden ihr doch gut stehen … Oder wirkt sie doch schon so wie sie ist zupackend und intelligent genug? Genügen ein libanesischer Vater, eine jüdisch-deutsche Mutter und eine Erziehung bei christlichen Patres in Beirut, um allen gleich zu signalisieren: Das ist eine ganz Clevere, der musst du von vornherein alles genau so erzählen, wie es gewesen ist …

Nadja muss lachen, betritt den Raum gerade deswegen aber betont langsam. Es duftet nach Mandelkuchen und Kaffee. Sie braucht nicht lange nach dem Hauptdarsteller zu suchen, sie sieht sofort, wo – unter all den Reproduktionen von biedermeierlichen Donaulandschaften – der Reiseleiter sitzt, denn der hat ein kleines Pflaster im Gesicht.

Freundlich fragt sie, ob sie sich zu ihm setzen darf, und da er nickt, nennt sie ihm ihren Namen und den Sender, sagt aber gleich, sie halte diesen Unfall eher nicht für ein berichtenswertes TV-Ereignis, wolle ihn aber doch fragen, ob ihm irgendetwas aufgefallen sei, was einen darauf bringen könne, dass diese Araber auf den Motorrädern die drei Gruppenmitglieder absichtlich niedergestoßen haben könnten?

Josef Mitterauer schüttelt den Kopf. Gar nichts sei gewesen. Er halte das alles für nichts als einen simplen Zufall. Die Motorräder hätten in der Tarik el-Wad, der engen Gasse da vor dem Hospiz, die nur eine einzige Fahrbahn und keinerlei Gehsteig habe, nicht mehr ausweichen können. Und jetzt müsse Frau Professor Lewinsky eben heute hier bleiben. Aber er sei sicher, dass sie bereits morgen, bei dem Ausflug nach En Kerem, schon wieder dabei sein werde.

Warum windet der sich so, überlegt Nadja. Er redet, als würde er ihr unbedingt alles zweimal sagen wollen, aber jedes Wort, das er sagt, hört sich nur an wie hingehaucht. Weil alles von vornherein mit diesem entschuldigend charmanten Lächeln eines immer unverbindlichen Reiseleiters gesagt wird? Mit diesem unterschwellig immer auf das am Ende zu erwartende Trinkgeld bezogenen Parlandoton?

Warum, fragt sie ihn also etwas forscher, wisse man eigentlich, dass diese Burschen Araber gewesen seien?

Die haben Beduinentücher gehabt. Aber der Herr Professor Lewinsky könne sicher Genaueres erzählen.

Nadja nickt und lässt sich den Vorfall von dem Professor aus Kassel, der einen auffallenden Kaiser-Franz-Joseph-Bart trägt, noch einmal schildern und würde das alles schließlich wahrscheinlich ebenso harmlos finden wie die beiden Herren, würde nicht an der Theke, wo sie sich eine Tasse Tee und eine Linzertorte holt, die blasse, etwas ungepflegte Michi Spielvogel aus München ihr zuflüstern, der Herr Reiseleiter Josef Mitterauer aus Wien tue zwar so, als kenne er diese Motorradfahrer nicht, sie habe aber gehört, wie ihm einer im Vorbeifahren ‚Think it over, Joseph' zugerufen habe.

Nadja dreht sich langsam um, und ihr Verdacht scheint sich zu bestätigen: Der Kollege Mitterauer hat die flüsternde Michi genau im Blick, dreht sich aber, weil Nadja ihn jetzt direkt anschaut, schnell weg.

Er sieht mit seiner lockigen, blonden Mähne und diesen umwerfend himmelblauen Augen fast zu schön aus. Mit dem hellen Hemd, dem gelben Pullover und den weißen Jeans auf den ersten Blick wie ein schwedischer Tennisprofi. Sogar seine heutige kleine Verletzung im Gesicht wirkt sportlich interessant. Als habe ihn jemand mit dem Racket getroffen …

Spontan bedankt sie sich bei der kleinen Münchnerin für die geflüsterte Information und will hinauf in das Büro des Hausherrn gehen, das früher einmal die allgemein zugängliche Bibliothek gewesen ist, geht aber auf dem Weg zur Tür noch einmal zu dem betont gelangweilten Professor Lewinsky und fragt, ob denn auch er gehört habe, dass diese Araberburschen auf den Motorrädern der Pilgergruppe etwas zugerufen hätten?

Der Professor antwortet eher ungehalten.

Nadja nickt also nur kurz und geht weiter. Warum reagiert der so uninteressiert? Regt denn diesen Menschen überhaupt nicht auf, dass da jemand seine Frau verletzt hat?

Nadja schaut auf ihre Liste. Der Mann ist Professor in Kassel. Das kann stimmen. Aber geboren ist er dort nicht. Er spricht dieses nasale Österreichisch aus dem Osten der alten Monarchie, das immer ein wenig an ferne Operettenklänge erinnert … Neben dem Bart ist das Auffälligste an Franz Joseph Lewinsky die mächtige Nase, mit der er wohl auch diese arroganten, leicht schmierigen, seidenweichen, hinterfotzigen Nasallaute erzeugt, die so urösterreichisch klingen. Zweifellos gibt er sich viel Mühe, beherrscht zu wirken. Wenn er redet, verändert sich nichts in seinem Gesicht. Nur die Lippen kräuseln sich. Aber nichts sonst bewegt sich irgendwie verräterisch. Schon gar nicht dieser Kaiser-Franz-Joseph-Bart. Mit dem er eine möglicherweise nicht vorhandene Seriosität vortäuschen will ... Was er wohl auch mit dieser auffallend kerzengeraden Haltung versucht. Mit der er bei Tisch sitzt. Ja, alles an ihm scheint ein einziges Bemühen um Aufrechtheit zu sein. Um Bonität. Dafür ist auch der dunkelblaue Anzug typisch. Dieser Professor Lewinsky sieht aus, als wär er nicht als Tourist hier, sondern ‚im Auftrag' von irgendwem.

2

Nadja kennt sich gut aus im Österreichischen Hospiz. Sie hat hier schon oft herumgestöbert. Sie mag den altmodisch katholischen Geruch in diesem Haus, und besonders mag sie die Bibliothek. Die landeskundlichen Bücher. Die frühen Expeditionsberichte des Barons Slatin zum Beispiel. Aber kurioserweise hat sie dort auch, schon bei ihrem ersten Besuch vor Jahren, auffällig viel homosexuelle Belletristik gefunden. Ein Vorgänger des Rektors muss Sinn für Jean Genet und Hubert Fichte gehabt haben.

Monsignore Weis dagegen benutzt die Bibliothek sichtlich nur als Büro. Das heißt, er benutzt die Bücher überhaupt nicht, er hat Computer hereingestellt. Es gibt auch keinen Bibliothekar mehr. Die alten theologischen und landeskundlichen Wälzer leiht hier niemand mehr aus, denn die so viel praktischeren, dünnen Reiseführer, die man bequem einstecken kann, bringt sich jeder Quick-und-Fastfood-Pilger mittlerweile von zu Hause mit.

Der Chef sei leider nicht da, sagt entschuldigend Professor Guggi, der ihr vorhin an der Pforte unten die Liste der Pilgergruppe gegeben hat, und dreht langsam den grauen Kopf mit den gebirgsbachhellen Augen von seinem Computerschirm zu ihr und streicht sich versonnen über seinen grauen, runden Bart.

Wie es ihm gehe?

Gut. Er werde wieder ein paar Monate hier bleiben. Und aushelfen. Je älter er werde, desto lieber habe er das Heilige Land. Vor allem wegen Qumran. Dieser magischen Ruinenstadt am Toten Meer. Wo man immer wieder neue Texte aus der Zeit Jesu finde. Ja, das sei ein richtiges Fieber, diese Neugier, wenn man glaube, plötzlich eine noch ungetrübte Quelle gefunden zu haben … Insofern gehe es ihm fabelhaft. Man habe vor ein paar Wochen eine weitere Siedlung des Urchristentums in der Nähe von Qumran entdeckt. Bei En Gedi, ja … Was er für sie tun könne?

Nadja setzt sich auf einen der schwarzen Thonetstühle und fragt, ob er, Guggi, von dem nächtlichen Vorfall an der Kreuzung unten gehört habe? Araberburschen hätten ohne ersichtlichen Grund und ohne jede Entschuldigung gegen neun Uhr am Abend zwei Frauen einer Pilgergruppe niedergeführt.

Der Professor zögert. Über den Vorfall wundere er sich weniger, sagt er, wohl aber, dass es die Frau Professor getroffen habe, nicht Lewinsky selbst … Der deswegen so einen unsäglichen Franz-Joseph-Bart trage, weil der alte Kaiser aus Anlass irgendeines Manövers weit im Osten einem Gerücht zufolge dort sein Urgroßvater geworden sei. Ja, eine Großtante Lewinsky habe auf ihrem Totenbett in einer letzten Verwirrung behauptet, die Lewinskys hätten seitdem alle kaiserliches Blut.

Professor Guggi deutet auf den Zettel in ihrer Hand. Dieser Professor Lewinsky aus Kassel stehe da ganz oben. Auf ihrer Ausflug-nach-Nazareth-Liste. Nein, der sei kein uninteressanter Mann. Er habe ihn vor dreißig Jahren selber unterrichtet. An der berühmten Dominikanerhochschule bei Bonn. Der Mann sei damals aus Bulgarien gekommen, aus Plovdiv, und sie alle seien besonders nett mit ihm gewesen, denn der sei damals ja Jude, Kommunist und Dominikaner in einem gewesen … Ja, mittlerweile sei er ein ehemaliger Kommunist und ein ehemaliger Dominikaner, denn da sei eben eine Frau aufgetaucht und … Nein, nicht die, mit der er jetzt hier sei … Ja, dieser Unfall könne natürlich ein Zufall sein, bei diesem Lewinsky sei allerdings nie etwas Zufall gewesen. Immer Geldgier. Und die gestrige Geschichte sei sicher wieder eine Geldgeschichte. Zumindest sehe das nach einer Warnung in irgendeiner Geldgeschichte aus. Warum er da so sicher sei? Lewinsky sei hier schon vor zwei Jahren in eine Mordgeschichte verwickelt gewesen. Er habe einen armenischen Mönch dazu gebracht, ihm in dem berühmten Jakobskloster im Armenierviertel da drüben die antiken Goldmünzen zu zeigen. Der Mann habe aber keine Genehmigung dazu gehabt, ja, schlimmer noch, eine Schwester aus dem armenischen Frauenkloster, die in der Schatzkammer putzte, habe die beiden beobachtet, aber das sei das Letzte gewesen, was sie gemeldet habe, denn sie sei noch am selben Tag, in einen Teppich eingerollt, im Toten Meer gefunden worden.

„Und die Münzen?"

„Die sind verschwunden. Offiziell. Aber inoffiziell bekam sie Maurice Haussman. Der Händler beim King-David-Hotel. Der im Hinterzimmer auch sonst noch einiges haben soll, was nicht jeder sehen darf."

Professor Guggi kichert kurz, Nadja sagt aber nur: „Nein, danke, Erotisches interessiert mich in dem Zusammenhang gar nicht … Ich frage mich eher: Wenn Lewinsky die Klosterschwester tatsächlich umgebracht hat, warum hat man ihn dann nicht eingesperrt?"

„Lewinsky hatte ein Alibi. Maurice Haussman hat bestätigt, dass er zur Tatzeit bei ihm gewesen ist. Also sitzt nun nur der armenische Mönch. Im Hochsicherheitstrakt. In Aschkelon."

„Sie halten Lewinskys Alibi für falsch?"

„Alle halten es für falsch. Aber beweisen kann man ihm das nicht."

Nadja sagt, sie würde ganz gern, zusammen mit ihrem Kameramann, diese Gruppe zwei Tage bei ihren Pilgerfahrten begleiten. Sie habe immer mehr das Gefühl, dass dieser Motorrad-Unfall da vor dem Hospiz gestern am Abend kein Zufall gewesen sei … Vor allem aber müsse sie für ihren Sender ohnedies einen aktuellen Weihnachts-Bericht drehen. Mit dem Titel ‚Woher kommen die Heiligen drei Könige heute?' Da käme ihr diese Gruppe gerade recht. Mit ihrer Weihnachts-Pilgerfahrt nach Betlehem und den anderen Orten.

Professor Guggi nickt.

„Früher waren die Touristen die neuen Heiligen

Könige in Betlehem. Und ihre Devisen wichtiger als Weihrauch und Myrrhe. Aber seit diesen ständigen Attentaten gibt es viel weniger Touristen an den heiligen Stätten ... Ja, selbstverständlich, ich werde den Reiseleiter, Herrn Mitterauer, von diesem Plan des Hauses sofort in Kenntnis setzen. Von dieser ‚Dokumentation einer Pilgerfahrt' für SAT 1 ... Also eines ist sicher: Lewinsky hat garantiert einen speziellen Grund, warum er hier ist."

Nadja steht auf und bedankt sich. Sie hat zwei Fliegen mit einem Schlag erwischt. Mit den verletzten Damen aus Agram und Kassel gewinnt sie einen Aufhänger mit Mitteleuropabezug für ihre Sendung und gleichzeitig kann sie diesen Lewinsky unauffällig beobachten ... Was hat eigentlich die Frau dieses Professors Lewinsky zu dem Überfall gesagt? Ja, diese Dame hat selber eine Professur in Kassel, wie auf dem Zettel steht, sie ist zweifellos eine echte Professorin ... Ist wenigstens sie wütend?

Auf dem Weg ins Parterre sucht Nadja den Hausfernsprecher. Er hängt in einer dunklen Mauernische gegenüber der Pförtnerloge. Sie versucht sofort, Frau Professor Lewinsky auf ihrem Zimmer anzurufen, erreicht sie auch, erreicht sonst aber auffallend wenig.

Nein, sie habe keine Idee, warum diese Leute gerade sie erwischt hätten. Nein, zur Polizei gehe sie wegen dieser Lappalie sicher nicht. Nein, sie habe nicht verstanden, was da in der Nacht gerufen worden sei. Dazu könne sie einfach nicht genug Arabisch ...

Wie? Diese Frau kann Arabisch? Und fährt trotzdem mit einer simplen Pilgergruppe in Israel herum?

„Können Sie sich vielleicht“, fragt Nadja schnell, wenn auch betont harmlos, „an die Gesichter der Schläger erinnern …?“

Nadjas Interesse klingt nach reiner Nächstenliebe, trotzdem scheint Frau Professor Lewinsky einen Nebenton aus der Frage herausgehört zu haben, denn sie antwortet noch verletzender als vorhin und legt auf.

Nadja ist überzeugt, diese Frau lügt mit jedem Satz. Sie ruft sofort Rektor Weis an und fragt mit dem unbestimmten Gefühl, dass diese Dame aus Agram auch nicht irgendeine Dame ist, ob es dieser Frau Strossmayer mittlerweile denn schon etwas besser gehe …?

Nein, im Gegenteil, sagt der Rektor leise, Frau Strossmayer sei eben ins Hadassah-Spital gebracht worden. Sie sei immer noch bewusstlos.

Was? Ah, ja?

3

Hinter einer trüben Wolkendecke taucht auf der Fahrt nach Nazareth allmählich eine blasse, schwermütige Wintersonne über dem felsigen Land auf, aber erst im felderreichen Jezreel-Tal wirken die Farben wieder kräftig.

Vor allem die goldfarbenen Dornbüsche vor dem Berg Tabor. Die wirken, als würden sie brennen, hat Nadja noch in Erinnerung, während sie in der Verkündigungskirche, dem größten christlichen Gotteshaus im Nahen Osten, die Augen schließt, weil sie diesen Bau überaus hässlich findet.

Aber sie öffnet die Augen gleich wieder. Sie ist

nicht hier, um zu träumen. Sie muss Lewinsky beobachten.

Da wird jemand niedergeführt, liegt bewusstlos im Spital, die Polizei hat alle Zeugen verhört, aber vom Täter immer noch keine Spur ...? Da wird jemand fast umgebracht, aber Mörder gibt es keinen?

Nadja muss vorsichtig sein. Der Mann darf nicht ahnen, dass sie ihn verdächtigt. Sie darf diese Motorrad-Attacke nicht zu direkt ansprechen. Sie hat es vorhin kurz versucht, er ist aber sofort ausgewichen. Er tat gleich ungeheuer wissenschaftlich, verglich alles, was dieser Mitterauer vortrug, mit den Texten, die er sich selbst kopiert hatte, fragte ausführlich nach irgendwelchen Fachvokabeln, sah aber sofort weg, wenn Nadja ihn wieder im Blick hatte.

Sie spürt, dass sie sich Zeit lassen muss. Also schaut sie sich doch noch einmal ausführlich die Kirche an ... Die ihr aber immer weniger gefällt. Wie deprimierend diese riesigen Wandbilder sind! Sie sind von modernen, katholischen Künstlern aus allen Kontinenten gespendet worden, liest sie an der Wand, ja, aber diese Bilder sind nicht nur der übliche Klerikalkitsch, diese Marien im Kimono und im Sari sind noch dazu schlicht schlecht gemalt! Und der allerhilfloseste Künstler ist ein Mann aus Texas. Der hat seine Maria sogar in kubistischer Picasso-Manier dargestellt ...

Der Bau an sich ist besser. Waagrechte Bänder aus rotem Sandstein variieren klar und geometrisch die weißen Kalksteinquader. Trotzdem verliert man hier nie das Gefühl, dass man in einem postmodernen Bühnenbild sitzt, denn in der Mitte des Raumes, in der offenen Unterkirche, sieht man nicht nur die Reste der urchristlichen Verkündigungsgrotte, sondern auch die deutlich gekennzeichneten Reste aller anderen Vorgängerbauten, einer Synagogenkirche aus dem dritten, einer byzantinischen Basilika aus dem fünften und einer Kreuzfahrerkirche aus dem elften Jahrhundert, die darüber liegende Oberkirche aber hat gerade deswegen keinerlei Wärme und Geborgenheit. Nadja hat die Assoziation einer Segelflughalle. Ausgerechnet hier an diesem Ort, an dem der Engel Gabriel die intimsten Worte der Evangelien gesagt haben soll: Fürchte dich nicht, Maria!

„In dieser Höhle da unten könnte Maria gelebt haben. Schon im zweiten Jahrhundert unterhielten Judenchristen, vielleicht Verwandte der Maria, hier eine Kultstätte. Da rechts an der Säulenbasis haben Archäologen die älteste Inschrift mit dem Mariennamen gefunden. Altgriechisch. Chaire, Maria. Gegrüßt seist du, Maria. Hier könnte sie also tatsächlich gelebt haben, ja, aber hier hat sie nicht gelebt", sagt Josef Mitterauer, während die Gruppe am tiefsten Punkt ihrer Suche nach dem Heil der Welt angekommen ist. Ganz unten in der Antike. In der Einfachheit und engen Gottesnähe des Anfangs ... „Das Ganze ist nur leider ein Übersetzungsfehler. Der Evangelist Matthäus erwähnt eine Prophezeihung, dass der Messias ein Nazarener sein wird. Also einer aus der Sekte der Nazarener. In den Übersetzungen wurde aber fälschlicherweise aus dieser Sekte der Nazarener eine Stadt Nazareth. Das heutige Nazareth ist jedoch zur Zeit Jesu noch kein Ort gewesen, den irgendwer gekannt hat. Er wird im ganzen Alten Testament nicht ein einziges

Mal erwähnt ... Bitte, entschuldigen Sie mich einen Moment.“

Nadja sieht Josef überrascht nach. Wohin geht er? Ausgerechnet jetzt? Wer hat ihm ein Zeichen gegeben?

Auch Michi Spielvogel macht ein erstauntes Gesicht und sagt leise: „Der macht nie das, was man denkt, dass er gleich macht.“

Sie, Michi, sagt Nadja, aber auch nicht. Man höre, sie sei gestern noch ausgegangen? Nach dem Vorfall mit den Motorrädern ... Zwei attraktive Araber hätten sie abgeholt?

„Ja, wir waren essen“, sagt die Studentin. „Aber meine zwei Araber haben nichts mit denen auf den Motorrädern zu tun ... Ich kenne viele Palästinenser in München. Ich studiere Arabistik. Und diese Münchner Kollegen haben alle hier Brüder oder Cousins. Ich werde auch noch einige andere treffen“, sagt sie und macht Nadja mit einer schnellen Geste darauf aufmerksam, dass Josef in einiger Entfernung von der Gruppe intensiv mit einem jungen Mann diskutiert, der immer wieder nach oben zeigt.

„Dort geht es zum Museum“, sagt die kleine Spielvogel und zeigt den Plan in ihrem Führer. „Ich habe aber gelesen, da gibt es gar nichts Besonderes zu sehen.“ Sie liest den Tagesplan vor. „Und wir sollten hier in Nazareth doch noch in die Josephskirche gehen, in die Synagogenkirche, zur Mensa Christi, zum Marienbrunnen und in die griechisch-orthodoxe Gabrielskirche!“

„Ja, und?“

„Ich will jetzt nicht, verstehen Sie, in ein zweitklassiges Museum latschen, bloß weil unser Hirte dort irgendetwas von den öden Kreuzrittern sehen will, was vielleicht ihn interessiert, uns aber nicht. Es gibt ein festgelegtes Programm. Mit Betonung der Geburtsgeschichte von Jesus Christus."

Nadja gibt ihrem Kameramann ein Zeichen. Sie will von den beiden Männern da oben ein Foto. Möglichst so, dass man sie gut erkennen kann. Denn offenbar wird da oben jetzt etwas besprochen, was von allen anderen nicht gehört werden soll.

Josef Mitterauer kommt lächelnd zurück, und Nadja ist baff, denn der Hirte führt seine Schafe tatsächlich unter Umgehung des schriftlich vorliegenden Planes in das außer in diesem dicken Kunstführer von Dumont in keinem Buch auch nur als Fußnote erwähnte ‚Museum der Verkündigungskirche'.

Weil er, wie er sagt, allen doch unbedingt die unvollendeten Kapitelle der alten Kreuzfahrerkirche zeigen wolle. Handfeste Beispiele burgundischer Hofkunst, die der unbekannte Künstler beim Herannahen des Sultans Saladin im Jahr 1187 unfertig im Boden vergraben habe. Er sagt das mit großer Geste, aber ihn und Lewinsky scheint in diesem Museum, wie Nadja bemerkt, ausschließlich eine Vitrine mit Münzen zu interessieren.

„Aber wir wollen doch den Marien-Brunnen sehen", sagt Michi.

„Das hier ist wichtiger", antwortet Josef locker.

Nadja bittet ihren Kameramann, nachdem Josef und Lewinsky schnell weitergegangen sind, speziell auch diese Vitrine zu fotografieren. Besonders die Münzen in der Mitte. Die auf dem kleinen, roten Samtpolster.

„Wozu brauchst du denn diese Münzen?"

„Die beiden haben die gar so interessiert angeschaut“, sagt sie leise und geht, Josef und Lewinsky weiter beobachtend, gemeinsam mit der Gruppe zum Bus zurück, ist dort aber gar nicht überrascht, dass der Hirte erklärt, hier sei die letzte Möglichkeit, ein halbwegs sauberes WC aufzusuchen. Man möge die Gelegenheit nützen. Er habe zehn Minuten dafür vorgesehen. Dort drüben sei, wie man sehen könne, das gewisse Zeichen, sagt er und verschwindet abrupt in der Gegenrichtung.

Nadja geht selbstverständlich nicht, wie alle anderen, zum WC, sondern direkt ihm nach, sieht aus einiger Entfernung, dass vor dem Ausstellungsraum derselbe Aufsichtsbeamte auf Josef wartet, mit dem er vorhin schon verhandelt hat, sieht, dass die beiden verschwinden, denkt, da wird doch jetzt nicht heimlich offizielles Kirchengut den Besitzer wechseln, schon kommt Josef zurück und erschrickt, weil er ausgerechnet Nadja gegenübersteht, schafft es jedoch, einen Witz über die absurde Hässlichkeit dieser Riesenkirche zu machen, und geht, flott pfeifend, neben Nadja zurück zum Bus.

Sie traut ihm immer weniger. Instinktiv hebt sie beim Einsteigen den Kopf und sieht auch prompt, wie Lewinsky sie fixiert. An seinem Kaiser-Franz-Joseph-Bart zupfend. Und bekommt selbstverständlich auch mit, wie schnell er wegschaut, da er merkt, dass sie ihn genauso direkt beobachtet wie er sie.

4 Nadja hatte sich auf der Rückfahrt selbstverständlich weder einen Argwohn noch ihre wachsende Neugier anmerken lassen, sie hat sowohl Josef wie auch Lewinsky und den anderen nichts als das Gefühl geben wollen, sie möchte ausschließlich ihren Bericht drehen, sonst interessiere sie nichts. Und tatsächlich, zu Beginn des Ausflugstages hatten einige Damen noch ständig an sich herumgezupft, wenn der Kameramann sie gefilmt hatte, aber diese Anfangs-Eitelkeiten haben im Lauf des Nachmittags einer jovialen Gelassenheit Platz gemacht, man hat sich mit der Belästigung des Ständig-im-Bild-Seins nicht nur abgefunden, man hat sich allgemein schon mit Vergnügen vorgestellt, wie überrascht Verwandte und Nachbarn am Dreikönigstag schauen würden, wenn ihnen aus Nazareth zugewunken wird …

Während Nadja im Hospiz die Treppen hinaufhastet, um so schnell wie möglich zu ihrem Professor Unterguggenberger zu kommen, hat sie das Gefühl, dass ihre beiden Herzen um die Wette klopfen, das eigene und das kleine. Vor Anstrengung, Aufregung und Erwartung. Was wird er sagen? Zu ihren Beobachtungen. Muss nicht auch ihm das Verhalten der Herren Mitterauer und Lewinsky höchst verdächtig vorkommen?

Ja, sie weiß, sie könnte auf den Lift warten, aber erstens will sie im Moment absolut nirgendwo warten, und zweitens ist dieser enge Lift nicht nur immer elendslang unterwegs, weil er so gemächlich fährt, sondern die Tür öffnet sich dann auch jedes Mal so langsam, als handle es sich bei jedem Aufgehen um den lang erwarteten Eintritt ins Paradies … Nein, Nadja nimmt lieber die Treppe.

Wäre dieser Josef Mitterauer nur irgendein Gelegenheitsdieb, würde Nadja sich nicht so für ihn interessieren. Für sein kindlich weiches, noch nicht ausgeformtes Milchgesicht. Mit dem angespannten Ausdruck und der vifen Unruhe in diesen swimmingpoolblauen Augen. Aber dieser Junge, der ihr mit seinem ungebärdigen Blondschopf immer mehr wie ein Profisportler vorkommt, ist nicht irgendeiner. Der hat auch was Intellektuelles. Sie mag die Leichtigkeit seines Denkens und die Beweglichkeit seines Körpers ... Seine Stimme allerdings stört sie hin und wieder. Die ist noch zu hoch, kippt zu oft, aber die Kraft der vielen Assoziationen in seinen Fantasiegeschichten setzt sich doch immer wieder über alle stimmtechnischen Unvollkommenheiten hinweg. Und jeder Satz ist, je länger er ohne jedes Manuskript, ohne Notiz, scheinbar sogar ohne jede Vorbereitung spricht, immer wieder ein neuer Beweis für seine rhetorische und imaginative Begabung. Blendend variiert er die verwegensten Antithesen, um abrupt in heiter einfachen, schlagenden Ergebnissen zu enden. Während er sich lächelnd seine Locken hinters Ohr streicht. Sie ist sich nie sicher, ob das alles stimmt, was er sagt, aber sicher ist, er streut seine Gedanken wie gierig erwartete Bonbons unter die Leute, beschwingt und beschwingend, sensibel und erfinderisch, auf jeden Zuruf reagierend, zündend, blitzend, aufglühend in tausend Lichtern wie eine Neujahrs-Rakete ... Aber ein Mistkerl ist er offenbar trotzdem.

Warum ist sie sich da so sicher? Hat er heute wirklich was geklaut im ‚Museum der Verkündigungskirche' in Nazareth?

Schnaufend steht sie vor der Bibliothek, klopft

laut an, hört, wie der Professor sie hereinruft mit seinem üblichen, leisen, entschuldigenden Ton, in dem immer etwas Neugier, aber auch der Stolz über die jeweilige Arbeit mitschwingt, die er gerade tut, und die er nun zwangsläufig unterbrechen muss, während Nadja die Türe schwungvoll hinter sich schließt und sich vorsichtig auf den schwarzen Thonet-Stuhl setzt.

Leise sagt er, ohne den Blick vom Computer zu nehmen, er sei sofort für sie frei.

Der Doktor der Theologie und Frühgeschichte, ehemaliger Professor an der Dominikaneruniversität bei Bonn und ehemaliger Priester mit ehemaliger Aussicht auf eine der ganz großen Karrieren im Schoße der Heiligen Römischen Kirche … Ja, diese Karriere mache jetzt, hat er ihr heute früh gesagt, an seiner Stelle sein Lieblingsschüler, der berühmte Kardinalerzbischof Schönborn. In Wien.

Der alte Tiroler ist seit einiger Zeit nicht nur nicht mehr Priester, sondern auch nicht mehr Lektor in diesem bedeutenden katholischen Verlag in Süddeutschland, der ihn nach dem Hinauswurf aus dem Orden aufgenommen hatte, er ist vor einem halben Jahr auch dort ausgeschieden, um, wie er ihr gesagt hat, im ewigen Ruhestand sich endlich ungestört mit den neu entdeckten Qumran-Texten beschäftigen zu können …

Nadja sieht Schwarzweißfotos dieser berühmten Rollen vor ihm liegen, aber auch farbige Abbildungen, Broschüren, Kopien und allerlei aufgeschlagene Bücher übereinander – aufgeschlagen liegen sie mit einem Querbuch darauf, das die gesuchte Stelle offen hält –, und zwischendrin halten sich überall die Kaffeeschalen, Untertassen und Löffel des Nachmittags versteckt. Über allem aber dominiert den chaotischen Berg windschief eine mächtige, altmodische, silberne Zuckerdose, die wohl noch im vorigen Jahrhundert vom erzbischöflichen Palais auf dem Stephansplatz – oder vielleicht sogar aus der Hofburg – hierher gebracht worden ist.

Professor Guggi arbeitet versunken weiter, als sei Nadja überhaupt nicht hier ... Wie unterschiedlich man doch Dinge wahrnimmt, denkt sie, heute früh sah sie in diesem Raum nur die Computer, jetzt sieht sie aber doch wieder, dass dieses lang gestreckte Bibliothekszimmer auch immer noch voll von Büchern ist. Nicht nur in den hohen, eng nebeneinander aufragenden Glasschränken auf der rechten Seite stehen verschiedene Bibeln in den unterschiedlichsten Sprachen, auch auf den offenen Stellagen links sieht sie alte und neue Atlanten, Bücher mit Schutzumschlag und Bücher ohne, vielbändige Lexika bis hoch hinauf an die Decke geschlichtet, wohin man nur mit dieser altmodischen Eisenleiter kommt, die neben der Tür lehnt ... Stapelweise sieht man Bücher auch auf dem Boden und übereinander geworfen in dem abgewetzten Ledersessel vor dem Fenster liegen, durch das man, da es dunkel geworden ist, zwischen den schwarzen Pinienästen des nächtlichen Gartens die grünen Leuchtstoffröhren der Moschee gegenüber erkennen kann.

Professor Guggi hebt immer noch nicht den Kopf. Zwei Muezzins besingen von zwei verschiedenen Minaretten vor und hinter dem Hospiz jeden Tag aufs Neue den Sonnenuntergang. Leider startet nie jemand die Tonbänder synchron, und also stören einander die an sich nicht unschönen Stimmen der beiden unangenehm schrill in ihren Kadenzen ...

Zurück zu Christlicherem. Dem alten Professor ist sichtlich kalt. Im Dezember ist es das ja oft in Jerusalem. In der Mitte des Raumes versucht ein auf Höchststärke aufgedrehter, altmodischer Elektroofen mit rot glühenden Drähten, leise surrend etwas Wärme abzugeben. Der Professor scheint trotzdem zu frieren, obwohl er unter seiner grob karierten Jacke ohnedies einen Schipullover trägt. Der ihm etwas auffällig tirolerisch Bäuerliches gibt. Und auch seine Schuhe sehen aus, als käme er direkt von der Alm. Dem Mann sieht man wirklich nicht mehr an, dass er in seiner Jugend einmal an der ‚Anima' im eleganten Rom studiert hat.

Da er ihre Gedanken zu spüren scheint, wendet Professor Guggi sein Gesicht vom Computer nun doch zu ihr und schaut sie, ihre Gestalt allmählich wieder richtig wahrnehmend, mit einem Hauch von Verwirrung und Freude an.

„Ach, Sie sind ja da ... Sie haben recht, mir ist kalt. Man könnte denken, ich werde alt. Aber, ehrlich gesagt, alle anderen Greiseneigenheiten spüre ich noch nicht. Ich fühle mich weder geizig noch zänkisch noch wunderlich, mein Gedächtnis ist noch nicht ganz porös, ich diagnostiziere bei mir vorläufig weder eine Endzeitresignation noch die übliche Selbstüberschätzung und ähnlich spätvisionäre Wahnideen, ich merke nur, meine Leidenschaft für das genaue Formulieren wird schwächer. Auch meine Risikobereitschaft, gewagtere wissenschaftliche Theorien aufzustellen. Ja, ich zweifle langsam selber an der Möglichkeit, je noch einmal richtig glücklich sein zu können über irgendeinen wissenschaftlichen Fund, und das ist vielleicht das klarste Zeichen, dass ich doch alt werde ... Ja, ich gebe zu, ich speise meine Erfahrungen immer mehr aus Büchern. Früher bin ich in Höhlen herumgekrochen, hab Ausgrabungen per pedes besucht, alle Wissenschaftler in situ befragt und die Bibliothekare in ihren Bücherburgen, jetzt aber sitz ich immer öfter allein. Zu Hause oder hier. Es ist still um mich geworden. Wenn nicht Sie zum Beispiel hier hereinstolpern. Hin und wieder. Manchmal komm ich mir vor wie in einem frühchristlichen Höhlengrab … Ja, ich fürchte ernsthaft, ich entwickle eine Indifferenz allem Lebendigen gegenüber. Ich betreibe Abschottung und Ausgrenzung. Andererseits muss ich ja nichts mehr gewinnen. Weil ich nichts zu verlieren habe. Im Brockhaus steh ich schon. Leider nur mit sieben Zeilen. Und außerdem nur im Großen Brockhaus. In den Sechsbändigen werd ich wohl nicht mehr kommen … Lexika wird es überhaupt bald nicht mehr geben … Und ich hätte doch erst jetzt eigentlich die rechte Rücksichtslosigkeit für die letzte Meisterschaft … Aber ist das meisterlich?“

Er wirft ihr das von ihm beschriebene Blatt zu.

„Ich spüre manchmal, ehrlich, so etwas wie eine tragische Hoffnungslosigkeit, ein Kuddelmuddel von Einsamkeit, Kälte und dem traurigen Versagen des Körpers und hab oft doch auch noch eine Sehnsucht nach Luft – und Unerwartetem.“

„Soll ich das Fenster aufmachen? Die Muezzingesänge sind vorbei.“

Professor Guggi nickt.

„Ich hab mich von allen Bindungen verabschiedet, spür aber eine wachsende Angst, dass ich auch mich selber aufgegeben habe. Dabei. Einerseits arbeite ich Tag und Nacht“, er zeigt auf seine Schreiberei, „andererseits spür ich stundenlang nichts als

Apathie. Während ich mich umschau in diesem mit Büchern vollgestopften ‚Wartesaal auf das Ende' und mich einübe in die erhabene ‚Würde des Verzichts'. Ja, ich lerne das mühevoll, dieses Still-und-Gefügigsein, während ich mir gleichzeitig einrede, siebzig ist kein Alter. Fontane ist erst mit neunundsiebzig, Tolstoi mit zweiundachtzig, Goethe gar erst mit dreiundachtzig umgekippt, und Ernst Jünger hat sogar noch sein zweites Jahrhundert begonnen!"

Da er sie lächelnd ansieht, sagt Nadja nach einer Pause höflich, sie fände, bitte, er stehe doch noch, wie die Araber hier sagen, voll im Saft.

Der Alte lächelt.

„Was war in Nazareth?"

Nadja zeigt die Fotos und erzählt, was sie beobachtet hat. Professor Guggi erkennt Mitterauer auf dem Bild, den anderen an der Balustrade nicht, weiß jedoch alles über die zwei Münzen, die ihr Kameramann groß ins Bild gebracht hat. Er holt ein dickes Buch aus einem Regal und vergleicht die Abbildungen mit den Fotos aus Nazareth.

„Da. Bitte. Die eine Münze zeigt die Jerusalem-Palme und einen über die hingekauerte Gestalt der Judäa triumphierenden, römischen Soldaten", sagt er. Tief befriedigt über die Konturklarheit der Prägung auf dem Bild.

„Diese Münze ist nach dem ersten Aufstand ausgegeben worden. Sechsundsechzig nach Christus also. Und die zweite zeigt ebenfalls ein römisches Symbol. Den Krummstab der Auguren. Das Symbol der staatlich römischen Wahrsager. Das unverhohlene Heidensymbol dieser Münzen muss alle jüdischen und juden-christlichen Empfindlichkeiten grob verletzt haben. Diese Münzen waren damals sicher mit eine Ursache für den großen, unglücklichen Aufstand. Im Jahr 70 nach Christus. Jerusalem wird zerstört und Rom zwangsläufig das neue Zentrum des römisch-katholischen Reiches … Die Summe, die jeder, der was davon versteht, für diese zwei Münzen auf den Tisch legt, könnte, davon bin ich überzeugt, nicht nur diesen Hallodri Mitterauer reizen, sondern auch noch meinen alten Freund Lewinsky … Soll ich bei den Franziskanern anrufen? In Nazareth? Damit die ihr Notlicht im Museum aufdrehen und nachschauen, ob die Münzen dort wirklich fehlen?“

„Ich ruf Uri Gold an. Meinen Freund beim Geheimdienst. Von ihm kann ich sicher mehr erfahren … Halten Sie für möglich, dass dieser Antiquitätenhändler, der Lewinsky damals gedeckt hat, die Nazareth-Münzen auch diesmal wieder haben will?“

„Maurice Haussman? Sie können ihn fragen. Aber seien Sie vorsichtig, er sagt nie, was er denkt … Als Geschäftspartner ist er aber trotzdem, auf Funde aus dem frühen Judenchristentum spezialisiert, absolut seriös, ja, eine der ersten Adressen in Israel“, sagt der alte Exdominikaner.

„Sind Sie auch ein Freund von ihm?“

„Ich bin mit niemandem mehr befreundet. Aber das besagt gar nichts. In dieser Stadt kennt jeder jeden, der jemals Sachen aus dieser Zeit in der Hand gehabt hat.“ Er deutet auf die Fotos. „Solche Originale, meine ich, nicht Schund.“

„Wem denn sonst in dieser Stadt würde Josef diese Münzen anbieten? Nur Maurice Haussman?“

„Von der Zeit der Prägung her könnte man das

annehmen. Das ist das Spezialgebiet von Maurice. Aber reißen wird der sich nicht darum, denn die zwei Stücke kann er niemandem zeigen. Niemandem jedenfalls, der zumindest ebenso seriös ist, wie er selbst es sein möchte. Aber ich werde mich umhören. Ich werde Abu Khadr fragen. Das ist einer der Händler hinter der Grabeskirche. Und Abu Said. Hier in der Via dolorosa."

Es klopft. Josef Mitterauer steht wie selbstverständlich in der Tür, scheint aber sehr überrascht zu sein, dass er nicht nur den alten Professor, sondern auch Nadja hier findet. Er stottert Begrüßungsworte, fragt plötzlich aber ganz direkt, ob Nadja Zeit habe für ihn?

Nadja zögert, nach einem Blick auf Professor Guggi aber nickt sie. „Können wir", fragt sie lächelnd, „da Herrn Professor Lewinsky nicht auch gleich mitnehmen? Zu unserem Gespräch?"

Schnell winkt Josef Mitterauer ab.

5

Ihr Mann hole sie im Schuk Khan ez-Zeit gegen sechs Uhr ab, sagt Nadja auf der Stiege. In dieser stadtbekannten, arabischen Konditorei neben dem Aufgang zum Dom Polski. Bis dahin habe sie Zeit, erklärt sie Josef Mitterauer, ohne zu sagen, wie sehr sie selber darauf gewartet hat, dass er mit ihr reden will. Er hat offenbar also doch bemerkt, dass sie ihn den ganzen Tag schon beobachtet hat.

Kann er ihr gefährlich werden? Er wird ihr doch nichts tun? Oder soll sie doch besser nicht mit ihm in der Dämmerung durch den Schuk gehen?

Aber nein, sagt sie sich, was soll schon passieren? Er macht doch ohnedies nur harmlose Konversation ... Aber was will er wirklich? Will er sie aushorchen?

„Wenn man aus dem Hospiz herauskommt und nach rechts geht – nicht zu den Mauern des alten Bades Hamam es-Sultan, sondern zum Damaskustor –, ist man mitten in dem Teil der Stadt, in dem die mameluckischen Häuser und Torbögen heute noch so aussehen, wie sie die Reisenden in der osmanischen Zeit beschrieben haben. Damals schon haben alle von dem seidigen Abendlicht geschwärmt, von dieser müden Patina des Goldes, das die tief stehende Sonne über die alten Mauern legt ..."

Nadja muss lachen. „Mein Reiseführer brauchen Sie nicht zu sein. Ich lebe schon seit ein paar Jahren in dieser Stadt."

Sie muss einem sturen Esel ausweichen, der sich von seinem Herrn, einem Einbeinigen mit Krückstock und Beduinentuch, nicht weiterschieben lassen will.

„Ja, ich wohne schon jahrelang hier."

Durch die steile, schmale, mit buntem Mekka-Kitsch bemalte Seitengasse Et-Tuteh sind die beiden zum Schuk Khan ez-Zeit heraufgekommen. Der Wind ist stärker geworden. Nadja muss ihr Tuch festhalten, während sie nach rechts an der Andalusischen Buchhandlung vorbeigehen und vor der hell erleuchteten Konditorei des Abu Selim stehen bleiben, in der Nadja später ihren Mann treffen will.

Langsam gehen sie an den riesigen, runden Backblechen vorbei, auf denen der schwergewichtige Chef mit einem breiten Messer das heiße Schafkäse-und-Honig-Dessert in Portionen aufteilt und an die kleinen Marmortische bringt.

An der Decke und an den Seitenwänden surren Ventilatoren, und Leuchtröhren erhellen den langen Raum bis nach hinten, wo sich Nadja direkt vor dem verchromten Waschbecken niederlässt.

Sie ist so selbstverständlich hier hereingegangen, als täte sie das jeden Tag, sagt Josef.

Ja, nickt sie, sie liebe diese Art von Kenafii, dieses gelbgrüne, heiße und pistazienbestreute Schafkäse-und-Honig-Dessert, das hier – sie habe diese Köstlichkeit überall in der Stadt probiert – weitaus am besten zubereitet werde. ‚Jaffa Sweets' habe der berühmte Laden in der Mandatszeit geheißen. Da drüben stehe der Name noch. Über diesem drei Meter großen, bunten Kachelbild der Altstadt an der Wand.

Josef wirft ihr einen zweifelnden Blick zu.

„Sie können mir glauben", sagt sie, „mir ist die Altstadt so vertraut, als wäre ich hier aufgewachsen. Ich liebe das Herumgeistern im Basar, das Stöbern in den Kramläden, die alle vorne hell sind, hinten aber, je tiefer man in die Gewölbe vorstößt, immer schmäler und dunkler werden. In diesen Läden kauf ich mit unglaublichem Vergnügen den allergrößten Ramsch. Das überflüssigste Zeug. Bloß weil ich die falschen Korallen und kleinen Spiegel so gern in der Hand habe, die bunten, parfümierten Seifen und die Kämme aus Ebenholz ..."

Sie deutet lächelnd auf die silber gerahmten Koransprüche an den Wänden. Diese Schriftbild-Tafeln habe sie besonders gern, sagt sie, die Goldbuchstaben glitzerten so geheimnisvoll auf dem schwarzen Untergrund.

„Sie schildern diese Gassen sehr idyllisch, aber

schauen Sie meine Nase an, ich wollte niemandem Böses und hab trotzdem sofort nach meiner Ankunft eine drüberbekommen. Direkt vor unserem Hospiz.“

„Aber Sie ahnen doch, warum, nein?“

Eine kleine Pause entsteht. Josef gießt sich mit der auf dem Tisch stehenden Aluminiumkaraffe etwas Wasser in sein Glas.

Nein, er habe keine Ahnung, sagt er. Auch wenn er sein ganzes Leben genau erforsche, falle ihm nichts ein. So brutal sei man sonst nur im Drogengeschäft, ja, da gebe es schnelle Schläge, aber mit Drogen habe er nie etwas zu tun gehabt. Weder in San Salvador in Brasilien noch in der Karibik oder in Singapur. Warum er hier, mitten auf der Straße zusammengeschlagen worden sei, könne er sich wirklich nicht erklären.

„Ich glaube Ihnen nicht“, sagt Nadja und begrüßt den dicken, kahlköpfigen Besitzer mit einem kurzen Nicken.

Mit einer höflichen Verbeugung stellt der schwergewichtige Chef seinen Gästen zwei Teller Kenafii und zwei Gläser mit schwarzem Tee hin. Bevor er sich wieder im Türkensitz auf seinen etwas erhöhten Platz beim Eingang niederlässt. Und in Ruhe weiterisst. Er selbst scheint sein bester Kunde zu sein. Gleichmäßig ruhig verschlingt er einen Löffel Kenafii nach dem anderen. Mit unbewegtem Gesicht. Würde er nicht ständig kauen, würde man denken, er habe sich überfressen und sei inmitten seiner Gäste gestorben. Kein Auge bewegt sich. Kein Nasenflügel. Nur der Mund. Gleichmäßig und ruhig kaut der Massige seine süßsaure Masse.

Nur wenn er wieder jemandem etwas serviert hat

und sich zentnerschwer hinsetzt im Türkensitz, zieht er einen Moment lang mit starrem Blick an einer Wasserpfeife, aber auch die macht ihm, soweit man das auf Grund seines unbewegten Gesichtes beurteilen kann, keine merkbare Freude. Ausschließlich diese gleichmäßigen, monomanen Kaubewegungen scheinen ihm angenehm zu sein.

Nadja hat schon vor Wochen beobachtet, dass er sich nicht einmal zum Kassieren erhebt. Man kauft im Vorbeigehen einen Bon, und er serviert. Mehr Aufwand gibt es nicht.

Sie macht ihren neuen Bekannten Josef Mitterauer auf den Mann aufmerksam. Wie der, stumm kauend, zum Eingang starrt – an dem ständig Menschen von links nach rechts und von rechts nach links vorbeidrängen –, ohne dass er scheinbar irgendetwas wahrnimmt. Der massige Mann nickt nur gemessen, wenn jemand ihm das Geld für den Bestell-Bon gibt. Das immerhin registriert er. Sonst aber scheint in seinem mächtigen, rund glänzenden Schädel mit den spärlichen Haaren über den fleischigen Ohren nichts vorzugehen, würde Nadja denken, wären da nicht ihm gegenüber rechts und links vom Eingang große, runde Spiegel. In denen der Mann sein Lokal gut im Blick hat.

„Eigenartiger Typ“, sagt Josef.

Nadja nickt und schaut den Österreicher schnell und direkt an. „Was hat dieser Mensch auf dem Motorrad Ihnen zugerufen?“

Der junge Mann zögert. Er lächelt Nadja vorsichtig an – wohl auch, weil sie ihre Hand neugierig auf seine gelegt hat –, ja, ein schwirrend ironisches Lächeln scheint sogar kurz sein Gesicht zu erhellen, aber schnell erlischt es wieder.

Und ihre Hand ist auch wieder weg.

„Richtig. Der Mensch hat was geschrien. Aber was, weiß ich nicht“, sagt Josef Mitterauer leise und rührt mit gesenktem Kopf in seinem Tee. Ohne Nadja anzusehen.

„Aber das ist richtig, wenn man wüsste, was er geschrien hat, wüsste man mehr“, sagt er.

Ihm fällt auf, dass er keinen Zucker in den Tee getan hat. Schnell holt er das nach, schüttet dabei aber ungeschickt viel hinein, hält inne, dreht das Schüttloch der kleinen, verschraubbaren Zuckerkaraffe nach oben und sagt: „Diese Löcher werden auch immer größer.“

„Die Löcher sind in Ordnung. Man muss sich nur anschauen, welche Größe sie haben. Bevor man losschüttet.“

„Mein Gott, sind Sie eine Oberlehrerin! Die immer alles besser weiß! Aber vielleicht sollten Sie wirklich nicht versuchen, alle Rätsel dieser Welt auf einmal zu lösen.“

„Ich mochte Rätsel nie.“

„Sie lügen. Sind Sie mir nachgeschlichen oder nicht? In Nazareth. Haben Sie Fotos gemacht oder nicht? Fotos davon“, sagt er und wirft mit einem überraschenden Schwung die bewussten zwei römischen Münzen auf die schwarze Kunststeinplatte des Tisches, wo die beiden sich kurz aufrecht drehen, schnell flacher werden, abrupt niederfallen und – jede für sich ein unbezweifelbares Corpus Delicti – bewegungslos und schamlos jedem Betrachter zeigen, dass sie tatsächlich die beiden sind, die bis vor kurzem im Museum der Verkündigungskirche ausgestellt gewesen sind.

Nadja ist sprachlos. Aber es ist kein Zweifel möglich, auf dem einen Geldstück ist der Krummstab der römischen Auguren zu sehen, auf dem anderen die Jerusalem-Palme …

„Sie können sie haben."

Hoffentlich sind das, versucht sie sich zu beruhigen, Kopien. Sicher sind diese Stücke auch darum im Franziskanermuseum nur so lausig bewacht worden … Trotzdem, die Sache gefällt ihr ganz und gar nicht. Lewinsky und dieser Mitterauer sind doch keine dummen Buben, oder? Was stellt der Junge sich denn vor? Was sie tun soll? Wenn er diese Geldstücke ihr einfach hinwirft? Die, wie sie mittlerweile weiß, jeder Fachmann ohne Probleme wieder erkennt. Was heißt das denn?

Sie beschließt, nichts zu tun. Um erst einmal nichts falsch zu machen. Sie will diesen Josef Mitterauer nicht einmal strafend ansehen. Damit der am besten selber noch was sagt …

Aber der sagt nichts.

Betont besorgt fragt sie – um diese quälende Pause möglichst elegant zu beenden –, ob seine Wunde ihn noch schmerze?

„Die heilt", sagt er und streicht sich dabei über den Kopf, „die ist nicht das Problem."

„Was dann?"

„Ihr lästiger Ehrgeiz. Dieses quasi journalistische Mitfilmen von allem. Mir ist erst hinterher klar geworden, dass Sie wahrscheinlich auch mich gefilmt haben, gerade wie diese zwei Münzen in meinen Besitz übergegangen sind … Was heißt, Sie verstehen mich nicht? Das Ganze war eine kleine Dummheit von mir, ich gebe das zu, aber Sie sollten daraus jetzt auch wirklich keine weltbewegende Tragödie machen!"

Nadja lehnt sich auf ihrem Stuhl zurück und spürt plötzlich den Regenmantel hart in ihrem Rücken, den sie vorhin, ohne viel nachzudenken, einfach rückwärts über die Lehne des Stuhls gehängt hat.

„Soll das“, sagt sie, „eine Art Warnung sein? Dass mir etwas passieren könnte, wenn ich Herrn Lewinsky und Sie weiterhin filmen lasse?“

Er geht nicht darauf ein.

Also wird sie mutiger. „Wenn wir wüssten, was dieser Motorradfahrer Ihnen zugerufen hat, wüssten wir vielleicht, wer die beiden Frauen angefahren hat“, sagt sie und versucht, ihre ursprüngliche Strategie wieder aufzunehmen, aber der blonde Sonnyboy aus Wien spielt nicht mit. Nicht mehr nach ihren Regeln jedenfalls. Geht es hier nicht mehr um Lügen, sondern schon um Erpressung? Weil sie die Fotos hat? Und die jederzeit der Polizei übergeben könnte?

„Wundern dürfen Sie sich jedenfalls nicht, wenn was passiert“, sagt er langsam.

Was heißt das? War das eine Drohung? Der Mann muss doch wissen, bitte, dass nicht nur sie die Fotos dieser Münzen gesehen hat, sondern auch der Professor …

„Fahren Sie morgen wieder mit uns mit?“

Sein Ton ist eine Mischung aus vager Hoffnung, dass sie das nicht tun wird, und dem drohenden Hinweis, dass sie wohl nicht so leichtsinnig sein wird, es doch zu tun.

Nadja fragt provokant: „Wieso? Gibt es in En Kerem auch Münzen?“

Eine lange Pause entsteht. Endlich sagt er ein wenig ironisch: „Wissen Sie, warum ich so schnell mit Ihnen reden wollte? Ich möchte Ihr Gewissen entlasten. Ja, ich möchte Sie wirklich bitten, diese Münzen an sich zu nehmen. Meine Situation ist: Ich habe eine Dummheit gemacht und möchte die ungeschehen machen. Das ist für mich nicht leicht, für Sie aber eine Kleinigkeit. Sie kennen alle Leute in diesem Land. Geben Sie die Münzen zum Beispiel Ihrem guten Bekannten, dem Bürgermeister … Ihnen wird jeder nur dankbar sein, dass die Münzen wieder da sind."

„Ich soll Ihre Münzen nehmen? Wie soll denn ausgerechnet ich zu diesen Münzen gekommen sein?"

„Sie sagen einfach, Sie haben sich die für Ihre Aufnahmen ausgeliehen und jetzt geben sie das Material mit Dank zurück."

Verblüfft schaut Nadja ihn an.

„Schauen Sie nicht so strafend, gute Frau, Christentum heißt Nächstenliebe. Sie tun ein gutes Werk. In dieser heiligen Weihnachtszeit. Und ich danke Ihnen jetzt schon dafür", sagt er – für ihren Geschmack etwas zu pathetisch –, aber sie kann nicht mehr groß darauf antworten, denn in der Tür des Lokals steht Günter, ihr Mann, und deutet ihr, dass er keine Lust habe, in den vollen Laden hereinzukommen. Er warte draußen. Da sei die Luft besser.

Nadja traut ihren Augen nicht, aber neben Günter steht Lewinsky. Was will der denn hier? Ist er mit Günter gekommen? Oder sucht er Josef?

Der quicke Wiener hat Lewinsky auch schon gesehen. „Ich war vorhin im Hadassah", sagt er betont harmlos zu Nadja, „diese Alfreda Strossmayer ist immer noch bewusstlos."

Warum sagt er das ausgerechnet jetzt? Damit sie

sich keine Hoffnungen macht, dass sie von dieser Frau etwas anderes erfahren kann als von ihm?

Mit ruhigem Blick beobachtet sie, wie Mitterauer die beiden Münzen erst wieder langsam einsammelt, sie ihr dann aber doch sehr schnell in die Hand drückt. „Mein Schicksal“, sagt er lächelnd, „liegt nun ganz in Ihrer Hand.“

Zweiter Teil

6 Der goldene Glanz der untergehenden Sonne hüllt die Kuppeln und Türme der Altstadt von Jerusalem in ein trügerisches Kleid der Heiterkeit, die Stimmung in den arabischen Cafés ist nämlich gar nicht heiter. Sie ist depressiv und unruhig. Ja, Nadja meint gerade in den engen Gassen des Schuk eine seltsam lastende und doch eigenartig schwebende Stimmung zu erkennen, in der nichts gewiss ist, in der aber in der Luft liegt, dass sich demnächst alles ändern wird.

Nadja fragt ihren Mann, was Lewinsky von ihm gewollt habe?

Wer?

Lewinsky.

Nie gehört den Namen.

Nadja ist erleichtert. Dann hat Lewinsky wahrscheinlich doch nur auf Josef gewartet … Sie beschließt, Lewinsky samt dem leichtfertigen Reiseleiter erst einmal zu vergessen und den Spaziergang mit ihrem Mann zu genießen.

Sie geht gern mit ihrem Mann spazieren, und besonders mag sie, dass man im Gedränge des Schuk so dicht nebeneinander gehen muss, dass Günter nicht umhinkommt, ihr eine Hand um die Schulter zu legen.

Nadja weiß, sie ist attraktiv, unterhaltsam und pfiffig, ja, sie kann, wenn sie will, voll von sprühendem Leben sein, und ist doch mit einer Intelligenz begabt, die scharf, manchmal sogar schneidend ist. Aber gerade diese Intelligenz fand Günter an ihr von Anfang an faszinierend.

Er ist ja prinzipiell neugierig. Er hält auch jetzt, wie er da neben ihr geht, wie so viele etwas Kleingewachsene den Kopf betont nach oben gereckt und schiebt sein Kinn weit vor, fordernd und abwehrend zugleich. Seine Gesten sind jedoch trotz dieses Bemühens immer elegant und kontrolliert liebevoll, er schaut jedem Entgegenkommenden fest und klar in die Augen ... Er versucht auch immer, seine hellen, hoch stehenden, kurzen Haare zumindest am Morgen mit viel Wasser scharf zurückzukämmen, so dass er stets etwas auffallend Gewaschenes und Geputztes hat, auch wenn seine an sich konservative Kleidung durch seine Achtundsechziger-Gewohnheiten einen Hauch von schlampiger Eleganz hat.

Sie mag besonders an ihm, dass er nicht nur das Gewebe der Gerüchte in dieser Stadt schneller durchschaut als alle anderen Korrespondenten, sondern auch die verschlüsselten Andeutungen in der regierungsnahen Presse souveräner erkennt, dass er die geflüsterten Hinweise höchster Personen mit lächelndem Gesicht als zweckgerichtet und die diskretesten Winke aus den so genannten wohl unterrichteten Kreisen als absichtliche Irreführung enttarnt, und sehr schön findet sie vor allem, dass er nie müde wird zu fragen. Er fragt jeden, der ein aufschlussreiches Detail kennen, jeden, der eine differierende Meinung haben könnte, und gibt sich nie mit glatten Erklärungen zufrieden.

Vor allem mag sie seine Artikel. In dieser so angenehm seriösen Zeitung, in der er schreibt. Sie mag die ‚Neue Zürcher'. Ja, diese Zeitung ist mittlerweile sogar ihr Lieblingsblatt. Und Günter eben ihr Lieblingsgünter.

Es ist kindisch, aber mit seinem Arm um die Schulter genießt sie den Anblick des hell beleuchteten Damaskustors doppelt. Das sein Erbauer, Suleiman der Prächtige, immer als sein Lieblings-Tor bezeichnet hat, weil durch dieses verwinkelte Bauwerk die Straße nicht nur nach Damaskus, sondern bis in seine große, alte Hauptstadt Konstantinopel geführt hat ... Und schließlich genießt sie bewusst auch wieder die gute Luft außerhalb der Stadtmauern, diesen leichten Wind vom Westen her, vom Meer ... Langsam gehen die beiden außen an den Mauern entlang zum neuen Rathaus hinauf und von dort durch den streng geometrisch angelegten, neuen Palmengarten hinunter zur Hauptpost, also zur Jaffastraße, mitten hinein in das hin- und zurückflutende Automeer, in dem sie in der mittlerweile hereingebrochenen Nacht gleichsam mitschwimmen im Gewoge der weißgelben Scheinwerfer und der orangegelben und blutroten Brems- und Stopplichter, eingewickelt in diesen gerade hier allabendlich monströsen Lärm- und Gestankteppich, der einem den Atem nimmt. Aber schon in der Ben-Yehudastraße, in dieser nach links hinauf leicht ansteigenden, baumbestandenen Fußgängerzone, in der trotz der Kälte Musikstudenten mit klammen Fingern Violine spielen, ist die Luft wieder besser.

Viele bunte Glashausblumen werden heute in den Auslagen der Geschäfte angeboten – nicht Weihnachtssterne wie in Europa, sondern Lilien und Dalien, Aloezweige und Myrthe –, und unzählige, kleine Kerzen, die hier Chanukka-Kerzen heißen, denn diesmal fällt das Chanukka-Fest mit dem katholischen und protestantischen Heiligen Abend fast zusammen.

„Ja, wir könnten in diesem Jahr Chanukka gleich mitfeiern“ sagt Nadja vergnügt und hängt sich nicht nur wieder eng ein bei ihrem Mann, sondern gibt ihm sogar einen Kuss auf die Wange, so sehr scheint sie sich auf dieses Doppelkerzenfest zu freuen.

„Ich hab über dieses Fest heute was geschrieben“, sagt er leise, „jetzt weiß ich alles.“

„Das sind mir die richtigen Journalisten, die wenigstens nachdem sie etwas geschrieben haben, wissen, worum es geht ... Aber stell dir vor, dieser Wiener, der mich da zu den Kenafii eingeladen hat, ist zwar offiziell der Fremdenführer einer Pilgergruppe, hat aber gleich auch die ersten historischen Münzen mitgenommen, die uns bei einer Führung in Nazareth gezeigt wurden ... Was denkst du dir, wenn du das hörst?“

„Du, ich kenn mich bei diesen Dingen wirklich nicht aus.“

„Aber der Händler heißt Maurice Haussman, und den kennst du doch.“

„Maurice? Aber natürlich! Der hat diesen phänomenalen Laden beim King-David-Hotel. Alles ist in Dollar angeschrieben ... Das ist ein ausgezeichneter Mann. Den Chanukka-Leuchter zum Beispiel, der bei uns zu Hause steht, hab ich von ihm.“

Nadja zieht die Brauen zusammen. „Ausgerechnet dem hast du unseren Chanukka-Leuchter abgekauft?“

„Ich hab ihn nicht gekauft. Er hat ihn mir geschenkt. Das ist ein ganz unalltäglicher Mann, dieser Maurice Haussman ... Ja, er kam eines Tages aus der Schweiz zurück und hat gesagt, stellen Sie sich vor, ich bekomme hier in Jerusalem von einem meiner Lieferanten eine römische Münze zum Weiterverkauf …"

„Was? Eine Goldmünze?"

„Ich flieg damit nach Zürich, in Kloten holt mich die Polizei aus der Warteschlange vor dem Zoll und sagt, diese Münze, die ich da bei mir hab, ist vor fünfundzwanzig Jahren aus der Du-Pont-Sammlung in Philadelphia gestohlen worden, die Münze wird konfisziert, und ich kann froh sein, dass man mich nicht als Dieb verhaftet hat, weil ich erklären konnte, dass ich die nur übernommen hatte … Ja, Maurice Haussman ist bis heute felsenfest überzeugt davon, wenn diese Münze aus irgendeinem öffentlichen Museum gestohlen worden wäre, hätte man die Geschichte lange vergessen, aber bei Millionären ist alles anders. Millionäre lassen sich nie auch nur eine Kleinigkeit wegnehmen … Maurice Haussman musste die Münze natürlich umgehend dem Schweizer Zoll hinterlassen, flog hierher zurück, musste aber dem, der ihm die Münze mitgegeben hatte, ebenso umgehend die vorher geschätzten zehntausend Dollar bezahlen. Der hätte ihn sonst umgebracht, hat er gesagt."

„War das ein Professor Lewinsky?"

„Haussman wird das sicher noch wissen. Wir können bei ihm vorbeigehen … Ich hab ihm jedenfalls damals das Geld geliehen, und er hat mir unter anderem die drei römischen Glasvasen dafür gegeben. Und den Chanukka-Leuchter."

„Das soll ein feiner Mensch sein? Der mit Diebsgut handelt?"

„Fast alles, was die großen Museen besitzen, hat irgendwann jemand gestohlen. Oder gefunden. Soweit es nicht ohnedies Fälschungen sind. Deswegen gibt es im Handel ja auch nur schlechte Fälschungen, weil die guten in den Museen sind."

„Das ist mir eine feine Ganovenmoral."

„Ich sage nur, was mir Maurice Haussman gesagt hat. Die größten Museen haben das meiste Diebsgut. Auffallend viel übrigens in Deutschland und Österreich. Er weiß das genau. Er hat lange in Wien gearbeitet."

„Glaubst du, er wird mich anlügen?"

„Mein Gott, lügen … Er ist ein Transvestit. Die Wahrheit und die Unwahrheit sind für ihn untergeordnete Begriffe. Soll ich ihn anrufen?"

„Nein, das mach ich schon selber. Bevor ich morgen nach En Kerem fahr."

„Du fährst schon wieder weg? Heute Nazareth, morgen En Kerem? Ich dachte, du bist schwanger?"

„Ach, man soll sich ruhig was zumuten, sagt Doktor Tennenbaum. Früher haben die Frauen ihre Kinder im Sattel geboren."

„Ja, in Argentinien!"

„Kommst du morgen mit nach En Kerem?"

„Was tun?"

„Diese Leute beobachten. Ob die wieder Münzen klauen wollen …"

„Ach, ich bitte dich! Das Fernsehen hat deine Fantasie völlig verdorben. Morgen gibt der Außenminister eine letzte Pressekonferenz, bevor er dem Ministerpräsidenten alles hinschmeißt, und du jockelst nach En Kerem."

„Ich bin noch bei allen elf Pressekonferenzen dabei gewesen, bei denen dieser Außenminister gesagt hat, dass er demnächst zurücktreten wird, also werde ich auch bei der zwölften dabei sein. Aber nach En Kerem muss ich vorher auf jeden Fall."

„Warum?"

„Weil mich solche undurchsichtigen Geschichten enorm interessieren. Auf Neudeutsch nennen wir das human touch. Unser Sender besteht nicht nur aus Analysen der hohen Politik und der Aktienkurse. Wir sind nicht die Neue Zürcher Zeitung."

„Na gut, aber übermorgen ist der Heilige Abend. Und Chanukka. Diese beiden Feste treffen einmal im Jahrhundert zusammen, wir sind an diesem Tag zufällig beide mitten in dieser hochheiligen Stadt, in unserem gemütlichen Haus, da will ich doch nicht ausgerechnet an diesem Tag in dieses gottverlassene Regennest En Kerem rasen."

„Na gut, dann macht halt jeder seine Sachen alleine. Aber das sag ich dir gleich, am Heiligen Abend muss ich auch weg. Da muss ich mit meiner Gruppe unbedingt nach Betlehem ... Aber jetzt, bitte, sag mir, was soll deine Frau mit diesen gestohlenen Münzen machen? Die sie da im Mantelsack hat."

Sie nimmt sie heraus und zeigt sie ihm.

„Du hast die tatsächlich an dich genommen?"

„Ich will sie Uri geben. Und ihm die ganze Geschichte erzählen."

„Dieser Narr aus Wien hat sie dir tatsächlich aufgedrängt?"

Nadja nickt.

„Er hat an meine mütterlichen Instinkte appelliert."

„Schmeiß das Zeug weg!"

„Ach, Uri wird schon irgendetwas damit machen. Da hab ich keine Angst. An sowas stirbt hier keiner."

„Wart ab."
„Mein Gott, bist du pessimistisch."
„Ich kenne dieses Land länger als du."
Nadja betrachtet die Münzen. „Hübsch sind die. Dass die jemand haben will, kann ich verstehen. Als Schmuck wären die schön", sagt sie und legt sich die Münzen auf das Handgelenk. „Mit Platin. Oder Weißgold."
Günter nickt gönnerhaft.
„Wenn du die trägst, wüssten später wenigstens alle gleich, dass du die glücklichsten Jahre deines Lebens im Heiligen Land verbracht hast."
Sie lächelt ihn strahlend an.
„Und wenn ich dazu noch eine Münze mit deinem Profil mitten auf dem Busen hätte, wüssten auch alle gleich, mit wem ..." Sie will ihn kurz küssen, aber die kleine Geste wird wider Erwarten schnell ein richtiger Kuss.

7 Nadja und Günter sind zum neuen ‚Café Atara' hinaufgewandert – aus dem alten, das näher bei der Jaffastraße gewesen ist, hat man eine Pizza-Hut-Filiale gemacht –, und ihnen entgegen kommt von rechts oben, von der Seitenstraße her, in der das Restaurant ‚Fink's' liegt, Dany Gruenspan mit einem Bündel Zeitungen unter dem Arm.
Dany ist ein ehemaliger Leitender Redakteur der ‚Jerusalem Post', der jetzt, seitdem diese Zeitung rechtslastig geworden ist, Kolumnist bei der neu gegründeten israelischen Ausgabe der ‚Herald Tribune' ist. Er hat einen runden, schlesischen Schädel

und kommt ursprünglich aus dem grauen Ort Litzmannsstadt, der jetzt Lodz heißt, aber im Grund sei er natürlich, sagt er, aus Wien. Viele Juden aus dem Dunstkreis der ehemaligen k.u.k. Monarchie sagen, dass sie aus Wien kommen, aber das heißt in dem Fall nur, dass die erste Zeitung, die sie irgendwo in einem Provinzcafé durchgeblättert haben, die Wiener ‚Neue Freie Presse' gewesen ist. So etwas prägt mehr als alles andere.

Nadja winkt ihm zu. Sie hat ihn noch von Professor Guggis Schreibtisch aus um dieses Rendezvous gebeten, weil Dany Gruenspan der einflussreichste Kunstsammler ist, den sie in Jerusalem kennt. Er hat zwar den größten Teil seiner Kollektion dem ‚Israelmuseum' gestiftet und dafür sitzt er jetzt dort im Aufsichtsrat, weiß aber sicher mehr über Maurice Haussman als sogar dessen Putzfrau, denkt sie, muss sich mit ihren Fragen aber gedulden, denn erst wird lange und liebevoll über das werdende Kind und die neue Zeitung geredet …

Das neue ‚Café Atara' hat nicht, wie das frühere, auch zur Ostseite hin Fenster, sondern ist ein schmaler, länglicher, auf der rechten Seite modisch verspiegelter Raum mit viel Chrom und hellgelbem Naturholz, der von einer quer stehenden, sehr modern wirkenden Theke vor dem Durchgang zur Küche abgeschlossen wird.

An der linken Seite hängen große Schwarzweißfotos vom alten ‚Café Atara', das 1938 eröffnet worden ist, ja, sogar ein echter Vertrag aus dem Jahr 1941 und in deutscher Sprache hängt da, den die Gruenspan-Company mit dem neuen Geschäftsführer damals abgeschlossen hat. Einem Dr. Siegfried Gruenspan …

Ja, das sei sein Vater gewesen, sagt der alte Herr ... Und die großen Fensterscheiben der Schiebetür seien deswegen brandneu, weil ausgerechnet hier, mitten auf der fußgängerfreundlichen Ben-Yehudastraße, zwischen dem Bankhaus und den Caféhaus-Sonnenschirmen sich im Herbst zwei palästinensische Selbstmordattentäter in die Luft gesprengt hätten.

„Ach, hier ist das gewesen?"

„Auch einen guten Bekannten von mir hat es erwischt. An einem der Tische da draußen", sagt Dany Gruenspan leise. „Ich will euch erzählen ... Es ist ein sonniger Tag gewesen, ich saß dort unter dem rechtesten Schirm ..." Er deutet auf die beiden Fotos von damals, die am Spiegel stecken, und sagt eher melancholisch: „Ja, die heutigen Märtyrerbilder hängen nicht mehr in irgendwelchen heimlichen Kellerverstecken, sondern öffentlich an den Spiegeln der Cafés von Jerusalem ... Ja, ich hab selber auch etwas Blut vergossen! Nein, das ist kein Witz! Von dieser Lippe hat es getropft. Weil mir irgendetwas ins Gesicht geflogen ist. Die beiden Bomben waren mit Nägeln gespickt und sind im Abstand von zwanzig Sekunden explodiert. Überall waren Spaziergänger, es war drei Uhr am Nachmittag, da hat es gekracht, alle haben gekreischt, Fetzen flogen herum, Chaos war überall, aber die Polizisten haben schnell alle Passanten, die es nicht erwischt hat, in die Seitengassen abgedrängt, um sofort für die Rettung Platz zu schaffen, denn immerhin, acht Tote und hundertfünfundsechzig Verletzte hat es gegeben. An diesem Spätsommertag. Im September. Ja, es war schrecklich! Auch mich haben die ins Hadassah-Spital mitgenommen, aber wenigstens noch am Abend wieder freigelassen ... Das Allerschrecklichste ist nur, so etwas kann heute oder morgen hier wieder passieren. Die Mörder verkleiden sich als – sagen wir – Flugzeugcrew, und ich bitte euch, wer von uns kann sagen, ob die da drüben in ihren Uniformen nicht verkleidete Palästinenser sind? Damals hatte sich einer dieser Selbstmordattentäter sogar als Frau verkleidet! Und niemandem ist das aufgefallen … In der Redaktion hat man mir vorhin übrigens erzählt, es soll eine Gruppe von fanatischen Neomoslems, gewachsen im deutschen Urschleim, bei uns eingereist sein. Im Libanon ausgebildete junge Männer. Die sollen sich hier umsehen, wie die Situation einzuschätzen ist. Zu Chanukka. In den diversen Cafés … Aber ich mag nicht von diesen Sachen reden. Ich mag hässliche Dinge immer weniger. Ich war stets ein ‚Liebhaber des Schönen'. Ich war auch nicht zufällig von dir, Nadja Assad, gleich so angetan, wie du direkt aus dem zerschossenen Beirut kommend hier aufgetaucht bist. Denn du bist wirklich schön, Nadja, das wissen wir hier alle, und ja, besonders ich mochte deine Nähe vom ersten Moment an. Du darfst mich nicht missverstehen, natürlich passt der liebe Günter besser zu dir als ich, aber dass ich dich immer gern angeschaut habe und anschaue – ja, und auch jetzt da an meinem Tisch – ist die Wahrheit. Und aus demselben Grund, weißt du, liebe ich diese Stadt. Weil sie, zu guter Zeit, atemberaubend schön sein kann … Wenn es schneit, zum Beispiel."

„Ach, wann schneit es hier schon?"

„Immer wieder einmal. Um diese finsteren Dezembertage herum … Ja, ich habe bereits als junger Mensch ausschließlich schöne Dinge gesammelt. Möglichst alte. Römische Gläser, Atlanten und

Münzen ... Warum also, sagst du, hast du mich gebeten, herzukommen?“

Eine Kellnerin taucht auf. Offensichtlich eine Teilzeitstudentin, denn sie begrüßt den alten Gruenspan, der unter anderem auch noch eine Vorlesung an der Universität hat, mit einem überraschend herzlichen Ton: „Cognac, Herr Chefredakteur?“

„Bin ich doch nicht mehr“, brummt er, „aber den Cognac bring. Und zwar für alle.“ Und zu Nadja sagt er: „Du darfst keinen trinken, ich weiß, aber deinen nehme ich mit dazu. Was trinkst du neuerdings? Milch?“

Nadja nickt. „Fragen wollte ich dich eigentlich“, sagt sie, „ob du einen Mann kennst, der Professor in Kassel ist und Lewinsky heißt. Er kommt aus Bulgarien, war Kommunist und Dominikaner und interessiert sich, hör ich, ebenfalls für allerlei schöne Dinge ...“

„Ob ich hier einen Dominikaner kenne, der ... Die Dominikaner denken hier nur an Qumran. Mit dem strengen Auftrag im Nacken, dass sie nur dem heiligen Offizium in Rom sagen dürfen, was sie gefunden haben ... Aber fragen wir meine Maschine.“ Er holt einen Taschencomputer und eine kleine Lampe aus seiner Aktentasche. „Ich sehe schlecht, und diese Buchstaben sind zusätzlich sadistisch klein“, sagt er, drückt auf verschiedene Knöpfe und schüttelt das Ding, aber am Ende der Prozedur sagt er nur, offenbar gebe es jemanden in dieser Stadt, der sich für schöne Dinge interessiere, den er aber nicht kenne. Den Namen Lewinsky gebe es nicht in seiner Maschine. Was mache der genau?

„Er stiehlt. Wahrscheinlich professionell.“

„Ah, dann kenn ich ihn doch. Die interessantesten

Menschen haben nur meist mehrere Namen. Nimm Tucholsky. Oder Ferdinand Bruckner. Der war ein Freund meiner Mutter. Als er noch Theodor Tagger hieß. Nein, das war nicht der Musiker Bruckner, der hieß Anton. Den hätte meine Mutter nicht ausgehalten. Die Musik vielleicht schon, aber auch da bin ich mir nicht sicher. Sie liebte Debussy ..."

Nadja erzählt kurz von ihren Beobachtungen in Nazareth und von den Beziehungen Lewinskys zu Maurice Haussman.

„Aha", sagt Gruenspan und wiegt seinen schweren, alten Kopf. „Du willst jetzt sicher auch wissen, was ich von dem Genie Maurice Haussman halte? Also über den gibt es sehr unterschiedliche Meinungen. Klar ist aber, dass alles, was der für gefälscht hält, auf ewig gefälscht bleibt. Für jeden Händler. Er ist eine anerkannte Autorität."

„Das hab ich auch gesagt", wirft Günter ein. „Wir haben nämlich einen Chanukka-Leuchter von ihm."

„Der zum Beispiel ist sicher gefälscht. Sonst hätte er ihn dir nicht gegeben. Bezahlt hast du doch nichts dafür ... Er hat mir gesagt, du bist jemand, der Platz hat. Für sowas. Sein Laden wird ja immer voller. Unter anderem, weil er sich von zu vielen Sachen nicht trennen kann. Von den echten eben. Die nimmt er außerdem alle auf Video auf. Auch allerlei junge Männer übrigens ... Damit er auch nach einem eventuellen Verkauf den Überblick behält. Er ist ein richtiger Videokünstler. Er hat mittlerweile die größte Videothek von antiken Fundstücken in Israel. Weil er eben vom Charakter her kein Händler, sondern ein Sammler ist. Nur hat er leider für seine große Gier immer viel zu wenig Geld. Er hat Millionen, heimlich, das schon, aber er möchte auch noch alle

Pyramiden kaufen. Und im Hof hinter seinem Laden aufstellen … Das Bewundernswerteste an ihm ist, er kann fabelhaft rechnen. Hast du mich gefragt, ob er Fälschungen verkauft? Das zum Beispiel tut er nie.“

„Alle seine gefälschten Sachen hat er ohnedies schon“, sagt Günter, „verschenkt, oder?“

„Richtig. Zum Beispiel die drei ‚Rosaroten Römervasen‘, die er dir geschenkt hat, nicht? Die sind aus Murano. Von neunzehndreißig.“

„Ich liebe“, sagt Günter mannhaft, „Glas aus Murano.“

„Du bist sicher“, fragt Nadja dazwischen, „dass er nie Sachen verkauft, die jemand gestohlen hat?“

„Ich habe gesagt, er verkauft nie gefälschte Sachen. Gestohlene sind etwas anderes. Wie sollen reiche Leute sonst zu schönen Dingen kommen? Aber das ist schon richtig, auch nachweislich Gestohlenes würde Maurice Haussman öffentlich nie verkaufen. Hätte er gewusst, dass diese Münze von der Familie Du Pont aus Philadelphia gewesen ist, wäre er nicht mit ihr nach Zürich gefahren … Du kennst die Geschichte?“

„Was denn hätte er gemacht?“

„Gewartet. Da hätte schon jemand zu ihm kommen müssen, den er jahrelang gut kennt.“

„Ich muss mit ihm reden.“

„Pass auf, dass er dich nicht verführt.“

„Dany Gruenspan! Was redest du! Gerade du müsstest mich doch kennen“, sagt Nadja scheinbar erbost.

„Na gut, dann sag ich es anders. Ich glaube nicht, dass er jemand ist, der sich gern ausfragen lässt. Sein Geschäft lebt von der Diskretion. Wie im Grunde alle Geschäfte in dieser Stadt. Der ganze Staat wahrscheinlich. Unseren Präsidenten nehme ich da nicht aus ... Und deswegen ist es so gefährlich, dass herausgekommen ist, dass dieser Idiot von der Schas-Partei sich sogar den Obersten Richter hat kaufen wollen. Was ist dagegen Maurice Haussman? Dieser Händler fiktiver Pyramiden? Und anderer himmlischer Nichtigkeiten ... Was mich bei dem wundert, ist etwas anderes. Er ist hier im Zentrum von Jerusalem mit seiner Schatzhöhle ziemlich erfolgreich. Was nicht sehr viele sind. Obwohl er keiner von uns ist. Er ist nicht hier aufgewachsen, war weder in einem Kibbuz noch in der Armee, hat nie Angst in einem unserer heroischen Wüstenkriege gehabt, ist auch noch schwul und hat doch die besten Freunde auf allen politischen Ebenen. Sogar bei den Orthodoxen. Der Mann – ist ein Phänomen."

Dany Gruenspan fährt sich mit der linken Hand leicht an die Schläfe, was er, wie Nadja weiß, immer tut, wenn er müde wird.

„Er scheint sich durch Spezialdienste eine Menge Leute in diesem Land verpflichtet zu haben. Nur ihm konnte es zum Beispiel gelingen, dass er ein griechisch-orthodoxes Kloster im Niemandsland am Jordan als Absteige benutzen kann. Für sich und wen immer. Direkt am Toten Meer. Im militärischen Sperrgebiet. Dort, wo Johannes der Täufer Jesus getauft hat. Wie einige behaupten. Ja, südlich der damals noch nicht existierenden Allenby-Brücke ist seit altersher eine Furt nach Jordanien, daneben ist dieses verlassene Kloster, und dort zeigt Maurice Haussman den wirklich reichen Arabern aus Oman und Dubai, die über Amman zu ihm kommen, die wirklich schönen und wertvollen Dinge … Die wollen alle seit neuestem, wie ich höre, vor allem Qumran-Funde von ihm. Für die Araber ist die halbe jüdische Geschichte ja auch Teil ihrer eigenen. Siehe Abraham, der auch ihr Stammvater ist … Mir ist auf dieser schönen und hässlichen Welt trotz meines biblischen Alters noch immer vieles unklar, aber etwas weiß ich jetzt: Ich bin müde“, sagt er und wirkt plötzlich noch gebrechlicher. „Seid mir nicht böse, ich hab noch einen Termin. Aber auch ein Geschenk, ja, ich hab euch Chanukka-Kerzen mitgebracht. Zündet ihr die an? Morgen? Ich weiß, ihr macht das nie, aber man muss irgendeinmal anfangen, nicht nur an sich zu denken. Und an die eigene Religion.“

Er schaut herum.

„Dort draußen wartet der Mann, der mich abholt“, sagt Dany Gruenspan und deutet auf eine schwere Gestalt. Unter dem kahlen Baum. Neben dem Blumenbeet.

Nadja ist verblüfft.

„Das“, sagt sie leise, „ist Lewinsky.“

„Ah, ja?“ Dany Gruenspan fragt das ein wenig gedehnt und sieht Nadja lächelnd an. „Das überrascht mich allerdings gar nicht, denn am Telefon hat er mehrmals betont, er heiße Zuckerman.“

8

Auf dem Weg nach Hause machen Nadja und Günter einen Umweg, gehen die Hillelstraße hinunter und, kurz vor dem King-David-Hotel, an dem Geschäft vorbei, das Maurice Haussman gehört.

Da noch Licht in dem Laden ist und die schweren Eisengitter noch nicht zugezogen und versperrt sind, drängt Günter darauf, hineinzugehen. Nadja zögert. Sie kennt ihn, sie weiß, er möchte dem Mann da drinnen ein gutes, ein tröstliches Wort sagen, weil er vorhin gehört hat, dass der ihn, wie soll man das nennen, ziemlich rüde reingelegt hat. Zumindest hat dieser geheimnisvolle Händler nicht gesagt, dass seine vielen Geschenke nicht das sind, was Günter angenommen hat, und Günter will nun den Fehler des anderen durch besondere Liebenswürdigkeit ungeschehen machen. Nadja kennt Günters Gesicht in diesen Situationen und will nicht in den Laden, schon aber klingelt die Glocke über der Tür, Günter geht hinein, und aus dem hinteren Büro kommt, hinter einem dunkelroten Teppich, den er beiseite schiebt, etwas gebückt der grau melierte und, wie Nadja sofort findet, ihr von irgendwoher bekannte Inhaber dieser Antiquitätensammlung hervor und geht auf sie beide zu.

Ein mächtiger Hund trabt misstrauisch an seiner Seite. Ein starker Deutscher Schäfer.

Mit vielen eleganten Worten begrüßt Maurice Haussman Günter und danach, mit einer kurzen, angedeuteten Verbeugung, aber ohne ihr die Hand zu geben, Nadja.

Der Schäfer knurrt.

Maurice Haussman redet, wie erwartet, vom ersten Moment an ununterbrochen. Nadja hört nicht recht zu, hört nur das weiche, samtene Surren der elektrischen Heizsonne im Hintergrund, nimmt aber immerhin das Parfum dieses Menschen wahr … Und der Geruch erinnert sie an ihren Vater, an altmodisch galante Geschichten, an Erzählungen aus dem osmanischen Orient, und da fällt ihr ein Abend bei ihrem Freund Ari Schwartz ein. ‚Winter in Jerusalem' war das Motto gewesen. Und nun schaut sie diesen Maurice Haussman noch neugieriger an.

Der hat damals Gedichte vorgelesen, fällt ihr ein. Sie hatte nur seinen Namen vergessen, aber an den Geruch erinnert sie sich genau. Sie fand die Gedichte damals recht mutig. Nein, das ist klar, das ist kein hergelaufener Gauner, das ist schon ein Kenner intimer Sensibilitäten. Und doch auch ein Kenner der weiten Welt … Er wirkt leichtlebig und schwermütig zugleich, dieser Mann für Frauen und Männer. Für alle jedenfalls, die Witz haben und Geld, aber trotzdem ist er wohl doch ein ewig Einsamer … Er ist vielleicht klug genug, dass er nicht mehr viele Feinde hat, aber er hat sicher auch kaum Freunde. Nur Agenten. Und Kunden. Und möglicherweise irgendwelche schnell wechselnden Liebhaber. Jedenfalls scheint er ein Mann zu sein, der sich nach langem Hinundher entschlossen hat, sich den Sex, den er will, zu kaufen … Viele andere Interessen hat er wohl nicht mehr, denkt Nadja, hält aber doch für möglich, dass gerade dieser Mensch einer ist, bei dem sie sich irrt … Sie hat sich schon damals geirrt. Sie hatte angenommen, er würde den ganzen Abend nicht von ihrer Seite weichen, das war dann aber nicht so, erst am nächsten Tag hatte er ihr einen Arm voll langstieliger, dunkelblauer Blumen geschickt.

„Mein Gott", sagt sie, „haben Sie ein schönes Geschäft. Hier ist kein falscher Marmor, hier ist alles wirklich an den richtigen Orten gestohlen worden. Aus all den kleinen Gotteshäusern im Jemen und in Petra, nicht wahr?"

„Das rechts kommt alles vom Sinai, das links aus

Palmyra und aus den Tempeln, Kirchen und Synagogen in den sandigsten, östlichsten Provinzen des Zweistromlandes, ja, wo diese Kunstwerke Jahrhunderte lang kaum beachtet worden sind", sagt er.

Sie nickt. „Hier aber wirken sie. Hier hat alles Bühne, Aufmerksamkeit und Beachtung. Sind das byzantinische Säulen?"

„Mit den allerseltensten Kapitellen. Dort sind Teile römischer Mosaiken aus Aschkelon, und dieses Alte Testament ist aus dem Katharinenkloster. Vom steinigsten Sinai. Da rechts oben sehen Sie Weinkaraffen französischer Kreuzfahrer und hier, bitte, Siegel mit dem fünffachen, berühmten Kreuz von Jerusalem." Er nimmt ein Stück Knetgummi, presst das Siegel hinein und zeigt ihr den Abdruck. „Das ist eine, wie ich finde, bemerkenswert feine Arbeit … Und hier! Interessieren Sie sich für ägyptische Spielkarten? Oder eher für diesen Papyrus? Das ist ein Blatt mit einem antiken Alphabetvergleich. Da stehen Zeichen, von denen kein normaler Mensch weiß, dass die eine regionale Abart der berühmten, altaramäischen Buchstaben sind. Das habe ich aus Aleppo. Das Blatt ist unscheinbar, hat aber Bedeutung."

„Kennen Sie einen Herrn Lewinsky?"

„Lewinsky? Nie gehört", sagt Haussman schnell und dreht sich zu Günter. „Bitte, lassen Sie mich sagen, guter Freund, bevor wir anfangen, über Unerquickliches aus der Vergangenheit zu reden, dass ich Ihnen heute wieder einmal etwas schenken möchte. Suchen Sie sich etwas aus. Für mich wäre das ein passendes Chanukka-Präsent und für Sie beide gleichzeitig ein Weihnachtsgeschenk, nein? Was darf ich Ihnen mitgeben?"

Seine hellen, blauen, etwas vorstehenden Augen sind bei dieser langen Rede weich geworden, denn er meint selbstverständlich nicht das, was er sagt, spürt aber, man glaubt ihm nicht recht, daher versucht er das, was er gesagt hat, mit diesem treuseligen Hundeblick zu verstärken. Er würde ja, heißt das, sehr gerne über alles Mögliche reden, nur über diesen Ekel erregenden Bulgaren Lewinsky, bitte, nicht.

Er holt drei schmale, geschliffene Gläser und gießt einen Wermut ein, den er aus Frankreich mitgebracht hat, wie er behauptet, bestätigt aber gleichzeitig, dass gerade in der Archäologie – wie beim Alkohol – die meisten Wahrheiten nur vermeintliche sind. Aber einer, der sich in beiden Fachgebieten hervorragend auskenne, sei in der Tat der genannte Lewinsky.

Nadja lässt ihm Zeit.

„Und mehr wollen Sie mir nicht über ihn sagen?"

Verbindlich lächelnd schüttelt Maurice Haussman den Kopf.

„Na gut", sagt Nadja, „obwohl ich Ihnen etwas anderes empfohlen hätte ... In Ihrem Interesse ... Und was haben Sie aus Qumran?"

Maurice Haussman ist überrascht. Er kennt offenbar alle Leute, die sich in dieser Stadt mit Qumran beschäftigen, und die Frau seines – wie nennt er selber wohl diese Beziehung, fragt sich Nadja – Geschäftsfreundes Günter war bisher nicht dabei. Maurice Haussman schaut Nadja an, als würde er wissen wollen, ob sie aus einem aktuellen Anlass danach fragt. Weil sie zum Beispiel weiß, dass in den letzten Wochen etwas südlicher eine zweite so genannte Qumran-Siedlung entdeckt worden ist. Ohne dass bisher viel darüber geredet wird. In der

Öffentlichkeit. Um keine Störenfriede anzuziehen. Ja, Maurice Haussman schaut Nadja so intensiv an, als liege tatsächlich nicht nur eine neue Lieferung vom Toten Meer in der Luft, sondern als würde er auch gleich abschätzen wollen, was sie bereit wäre, für das oder jenes zu zahlen.

„Sie werden staunen, aber ich habe den Deckel einer wahrscheinlich einmaligen Tonkaraffe hier", sagt er, räumt vorsichtig winzige Glasfläschchen beiseite und zeigt ihr ein grobes Stück Keramik. „Ich habe dieses unverwechselbare Stück vor einigen Wochen von einem Fellachen bekommen. Das kommt heutzutage seltener vor als früher. Seit der Autonomie hat die palästinensische Polizei alle Fellachen in den Fundgebieten gut unter Kontrolle. Ja, ich persönlich halte für möglich, dass dieser Deckel zu einer ebenso urtümlich gearbeiteten Kanne gehört, die es offenbar nicht mehr gibt, in der aber, wie wir zu wissen glauben, Balsamöl aufbewahrt worden ist. Das Balsamöl des Tempels. Das man vor zweitausend Jahren mit dem Tempelschatz von Jerusalem weggeführt und am Toten Meer versteckt hat. In dieser Kanne war wahrscheinlich ein Teil des Balsamöls, mit dem die Könige und Hohen Priester Israels gesalbt worden sind. König David möglicherweise. Sie wissen sicher, es gibt kein Balsamöl mehr. Alle törichten, alchemistischen Versuche haben nichts erbracht. Seit fünfhundert Jahren nicht. Damals hat man die Balsambäume ausgerottet, und seitdem gibt es dieses heilige Öl nicht mehr. Das einzige Balsamöl, das die Menschheit noch besitzt, ist in einer ähnlichen Kanne in Qumran gefunden worden."

Nadja bewundert den Deckel der Tonkaraffe

mehr wegen dieser Zusammenhänge als wegen seiner angeblichen, ihr nicht recht erkennbaren Schönheit und legt ihn bald zurück auf das Samttuch. In den mittleren Glasschrank. Neben das Stück Papyrus mit dem antiken Alphabetvergleich.

„Und ein Stück Pergament mit aramäischen Buchstaben aus Qumran haben Sie nicht?"

Maurice Haussman zögert. „Kommen Sie, bitte, morgen. Heute in der Nacht könnte sich etwas ergeben ... Was halten Sie von diesem Geschenk? Das ist eine Karaffe aus Rosenglas."

„Ist die auch aus Murano?"

Haussman lacht kurz über die Anspielung. Er sieht Nadja groß an, spöttisch und furchtlos, dann versucht er einen Friedensschluss mit seinem kleinen, ironischen Lächeln. „Ja, natürlich weiß ich alles ... Dany Gruenspan hat mir gesagt, dass er Ihnen von meinen Späßen erzählt hat."

„Hat Dany Ihnen auch gesagt", fragt Nadja, „dass ich unbedingt mehr von Ihnen wissen muss über diesen Herrn Lewinsky?"

„Diese Lewinskys bringen neuerdings offenbar die ganze Weltgeschichte durcheinander ... Aber wenn Sie den schweigsamen Lewinsky aus Plovdiv meinen, den kenne ich natürlich. Aber vor dem muss ich Sie warnen."

Nadja nickt.

„Und vor diesem Mitterauer? Auch?"

Maurice Haussman schüttelt seinen erkennbar gepflegten, auffallend attraktiven Kopf. Er sieht aus wie ein Senator im antiken Rom. Als hätten die Gene dieser Patrizier sich hier über zweitausend Jahre hin erhalten ... Das ist zwar Unsinn, denkt Nadja, denn sie weiß ja, der Mann ist aus Limoges, aber dort waren die Römer eben auch, sagt sie sich, setzt alles auf eine Karte, holt ihre Münzen aus dem Mantelsack und wirft sie auf seinen Schreibtisch.

Günter ruft leise alle Zürcher Heiligen an, dreht sich weg und blättert nervös in einem handgeschriebenen, hebräischen Buch ... Wie sie weiß, kann Günter kaum etwas entziffern, er tut aber so, als könne er fließend Hebräisch, bloß, damit er sich jetzt aus dieser Debatte über die gestohlenen Münzen heraushalten kann.

Haussman betrachtet ihn lächelnd. „Hätten Sie gerne dieses Buch, mein Lieber? Ich werde Ihnen ein Blatt einlegen", sagt er leise und schaut endlich doch Nadjas Münzen an.

„Ein Blatt Papier? Wieso?"

„Damit Sie den Text morgen wieder finden. Für die Chanukka-Lesung", sagt Maurice Haussman mit einer kleinen Verbeugung und einer kurzen, theatralischen, raumfüllenden Geste, während er Nadja zuflüstert, diese Münzen sehe er hier gar nicht gern. Das seien Münzen aus Nazareth. Er habe zufällig vorhin mit einem Bekannten über die hier abgebildeten Symbole gesprochen.

Mit einem der dortigen Franziskaner?

Nein, mit einem Dominikaner.

Aha, sagt Nadja und weiß sofort, dieser erwähnte Schwätzer kann nur ihr Ex-Dominikaner aus Osttirol gewesen sein.

Aber er könne nicht mehr darüber sagen. In seinem Geschäft sei Vertrauen das Wichtigste. Und Vertrauen sei immer etwas Gegenseitiges. Und deswegen würde er Nadja raten, diese Münzen schnell einzustecken und beim Staatspräsidenten persönlich abzugeben. Mit einer eidesstattlichen Erklärung, dass sie durch einen kuriosen Zufall daran gekommen sei. Es gebe in diesem Land wirklich niemanden im Bereich des Frühchristentums, der nicht wisse, wo die hingehörten.

„Schätzwert?"

„Ein Liebhaber zahlt jeden Preis."

„Und Sie wollen die trotzdem nicht?"

„Das ist ein unmoralisches Angebot. Ich lehne es schon deswegen ab, weil ich weiß, Sie, meine Liebe, können so ein Angebot nicht ernst gemeint haben."

„Ich nehme alles sehr ernst, was ich Sie frage ... Haben Sie zum Beispiel von dem Zwischenfall vor dem Österreichischen Hospiz gehört?"

„Halten Sie mich ruhig, bitte, für bestechlich, feige und faul, aber ich möchte auch dazu wirklich nichts sagen. Nicht ein Wort."

„Was – war los?"

Maurice Haussman zögert, beginnt dann aber doch leise einiges zu erzählen. „Die arabischen Händler in der Altstadt haben früher ihre Waren von Zwischenhändlern in Samaria und Judäa bekommen. Seit der Autonomie lassen die palästinensischen Polizisten aus ihrem Territorium aber nichts mehr heraus. Nach Jerusalem. Denn die Stadt gehört ja praktisch schon den Israelis. Samt allen arabischen Händlern. In der Altstadt. Folglich können jetzt die Händler dort den Touristen nur mehr das verkaufen, was wir aus London importieren und ihnen weitergeben. Das sind heimlich aus Syrien, Jordanien und dem Libanon nach London exportierte erstklassige Sachen, aber es verdienen einfach schon zu viele daran. Das ist kein Geschäft mehr. Darum sind die Händler in der Altstadt so verbittert."

„Und früher? War es da anders?"

„Da hat es ein gut organisiertes, mafiaähnliches System gegeben. Die Fellachen haben die Keramiksachen, Glasflaschen und Münzen aus den noch ungeplünderten Gräbern herausgeholt, ihren Ortschefs, den Muchtars gegen ein paar Dollar übergeben, und die haben das Zeug den reichen Händlern in Ostjerusalem für ein Bündel Dollar weiterverkauft. Da hatte sich Jahrzehnte nichts verändert. Wenn sich ein ehrgeiziger Fremder einmal hineingedrängt hat, wurde der zu einer als ganz heiß beschriebenen Fundstelle gelockt, dort umgebracht, und die Geschäftsverbindungen blieben weiter so, wie sie bis dahin gewesen waren."

Nadja deutet im Geschäft herum. „Aber unter diesen Dingen sind doch sicher auch Sachen von hier. Aus der näheren Umgebung. Aus Judäa und Samaria. Wie kommen Sie jetzt, nach der Autonomie dazu?"

Maurice Haussman zögert wieder. „Reiseführer kommen natürlich immer noch überall hin. Und die machen dann dort kleine Picknicks. Mit ihrer Gruppe. Bei einsamen Ruinen. Wo farbenprächtige Fellachen sich mit ihren Kamelen für einige Schekel von den Touristen fotografieren lassen. Ja, manchmal bleibt der Bus auch gleich neben so einem Beduinenzelt stehen. In einer Gegend, wohin sich nie ein palästinensischer Polizist verirrt. Und für ein paar Dollar geben die Fellachen dem Reiseführer schließlich das mit, was sie in den letzten Wochen gefunden haben."

„Früher haben also die arabischen Händler in der Altstadt das Geschäft gemacht, jetzt aber machen Sie es … Finden Sie das gut? Wo es sich außerdem noch um Diebsgut handelt?"

„Das alles wurde nirgends gestohlen. Nur gefunden. Bei einer Wüstenquelle. Oder einem Bergtempel ... Nein, Ihrem Freund Mitterauer habe ich die Münzen heute zum Beispiel nicht abgenommen. Falls Sie das nicht bemerkt haben, betone ich das jetzt noch einmal klar und deutlich."

„Aha. Der war also sehr wohl bei Ihnen. Bevor er mir seine Reue vorgespielt hat ... Aber gut, von Ihnen war das O.K., aber ... Ist das nicht doch eine sehr begrenzte Moral?"

„Vielleicht, ja, aber es ist doch immerhin eine."

„Halten Sie nicht für möglich, dass die Leute, die früher den Handel dominiert haben, sich Ihre neuen Geschäftspraktiken auf die Dauer nicht bieten lassen werden?"

Maurice Haussman schweigt minutenlang, dann versucht er, seinen langen Vortrag abrupt abzuschließen. „Dieser Staat wird kurzfristig alle Friedensverhandlungen gewinnen, dann aber untergehen. Die Araber sind, langfristig gesehen, in dieser Weltgegend weit in der Überzahl. Und überall errichten sie ihre dreckigen, kleinen Widerstandsnester und werden über kurz oder lang gegen alle Absprachen Arafat zum König von Jerusalem ausrufen. Merken Sie das nicht? Der gierige Schweiß dieser Händlerbrut zwischen der Grabeskirche und dem Damaskustor stinkt doch schon bis hierher."

Nadja schließt die Augen, Sie hat plötzlich das Gefühl, dieser Mann ist verrückt.

„Ich behaupte", fanatasiert er plötzlich weiter, „die Araber brauchen gar keinen richtigen Krieg anzufangen. Die Zeit arbeitet für sie. Sie brauchen keinen Finger zu rühren. Sie erben einfach. Das ist auch das Einzige, was die seit Jahrhunderten wirklich können. Im Schatten sitzen und die anderen für sich arbeiten lassen. Die einzigen Araberstaaten, die einigermaßen funktionieren, sind die, in denen das Öl aus dem Boden schießt, Gastarbeiter es raffinieren und in alle Welt verkaufen ... Nein, im Ernst: Der alte Handelsweg führt von Bagdad, Palmyra und Damaskus über Jericho und Jerusalem nach Jaffa. Die Karawanen aus dem weiten Osten kamen hier durch, tauschten im Hafen die Waren und zogen wieder zurück. Durch den Sand. Viele Jahrhunderte lang. Dieser alte Handelsweg führte in unserer traditionellen Hauptstadt Jerusalem früher an der Grabeskirche, mittlerweile aber genau hier durch. Da, wo Sie jetzt stehen. Mitten durch mein Geschäft. Aber es gibt natürlich von Jahr zu Jahr mehr Neider, die das Wort Ehre sagen und eigentlich meine undeklarierten Funde meinen. Diese Leute verlangen, dass die Straße wieder durch den Schuk führen muss. Wieder hinter der Grabeskirche vorbei. Wo mein Freund Abu Khadr sein Geschäft hat. Das Wort Freund ist hier ironisch gemeint ... Das ist der eigentliche Punkt. Da jetzt auch noch der berüchtigte Lewinsky offenbar mit mir Handel treiben will und nicht mehr mit meinem Freund Abu Khadr, hat er ihm eine Warnung erteilt. Vor dem Hospiz. Dass seine Söhne auf den Motorrädern mit ihren Schlagringen nicht den Richtigen erwischt haben, zeigt die ganze Ungeschicklichkeit dieser jungen Leute. Aber auch ihre Rücksichtslosigkeit. Diese Schläger sind mittlerweile von einer Brutalität, muss ich sagen, die auch mich verwundert. Seitdem es nicht mehr nur um Antiquitäten geht, sondern auch um andere Dinge."

„Um welche?"

Haussman zögert. „Die Hiebe mit den Schlagringen vor dem Hospiz heißen: Liefere das, was du mitgebracht hast, nicht beim King-David-Hotel ab, also hier, in diesem Laden, sondern hinter der Grabeskirche. Wie früher."

„Sie erwarten Lewinsky aber doch trotzdem? Was bringt er Ihnen denn?"

„Er kommt morgen. Nehm ich an. Wir werden einiges bereden und dann ins ‚Minarett' da nebenan essen gehen. Ob er wirklich kommt, wird allerdings davon abhängen, welche Angebote und sonstigen Entscheidungsgrundlagen er heute Abend noch von den anderen Handelspartnern bekommen wird ... Ich bin nur die eine Option für ihn. Und dazu noch eine mittlerweile nicht mehr ganz unproblematische."

„Kann ihm etwas passieren? Ich frage das so naiv, weil ich daran denke, dass Frau Strossmayer aus Agram, ein Mitglied der erwähnten Reisegruppe, seit Tagen im Spital liegt. Immer noch bewusstlos."

„Dass ihm was passiert, ist möglich. Aber nicht wahrscheinlich. Jeder von uns weiß, dass wir alle mit Lewinsky einen Partner verlieren würden, der geschickt ist und vor allem sehr mutig. Ich höre das von allen Seiten."

„Von wem?"

„Es gibt nicht nur einen Geheimdienst, der die Bürger aushorcht, es gibt auch Bürger, die im Geheimdienst horchen."

Nadja nickt.

„Was also bringt Ihnen Lewinsky? Aus Deutschland?"

„Ach, lauter Dinge, die Sie nicht interessieren ... Alte Stiche. Alle Arten von Jerusalemabbildungen.

Die amerikanischen Juden wollen diese Sachen lieber hier kaufen als in Frankfurt … Ja, dieses riesige, neue Hilton-Hotel da gegenüber belebt unser Geschäft noch zusätzlich."

„Altes Papier bringt er? Sonst nichts?"

Maurice Haussman zögert.

„Also gut", sagt Nadja, „auch das wollen Sie mir nicht sagen. Dann hab ich nur noch eine letzte Frage. Josef Mitterauer arbeitet ebenfalls für Sie?"

„Er fährt für STUDIOSUS und für mich in Judäa und Samaria herum, ja."

„Und Sie meinen, ihm kann eher was passieren?"

„Ja, zweifellos. Der ist ein Hasardeur. Lasst wohlbeleibte Männer um mich sein, sagte schon Julius Caesar, die nicht viel reden und nachts gut schlafen. So einer ist dieser Mitterauer nicht. Der alte Lewinsky eher."

„Und wie schlafen Sie?"

„Auch nicht gut. Im Moment."

„Warum?"

Maurice Haussman schaut Nadja kurz an, als wolle er ihr etwas sagen, besinnt sich aber und schüttelt den Kopf.

„Was wollten Sie sagen?"

„Eigentlich nur, dass Sie sich ebenfalls etwas mehr schonen sollten. Zu viele Aufregungen, wenn man ein Baby erwartet, sind nicht gut."

„Maurice hat recht", sagt Günter und schließt sein zweisprachiges Altes Testament mit einem Knall, „ich denke, wir gehen."

„Wenn Sie morgen Ihrer Frau den Chanukka-Text aus diesem Buch vorlesen werden, denken Sie dann an mich?"

„Na, aber sicher", sagt Günter etwas zu forsch

und ist froh, dass er dem Deutschen Schäfer, der misstrauisch den Kopf hebt, heute Abend nicht alleine begegnet ist. In diesem Geschäft.

„Und diese Geldstücke“, sagt Maurice Haussman und gibt sie Nadja zurück, „dürfen bei mir absolut nicht gefunden werden, Sie verstehen?“

Dritter Teil

9 Günter hat En Kerem ein winterliches Regenloch genannt, und zumindest an diesem Tag hat er recht. Die dunklen Wolken, die seit gestern vom Mittelmeer her über die Stadt gezogen sind, entladen sich an diesem Morgen des dreiundzwanzigsten Dezember wie ein Sturzbach, und im Jeep ihres Kameramanns sitzt Nadja zwar im Trockenen, aber sie hat bei diesen Sturmböen doch eine wachsende Angst, die Kiste könnte von der Fahrbahn fliegen und den Hang hinunterpoltern, denn das Wasser auf der Straße ist kein Aquaplaning mehr, sondern mittlerweile ein einziger, bergabstürzender Bach.

Ja, sie hat Angst, obwohl sie weiß, ihr Kameramann, der alte Fuchs, kennt jede Straße in Israel. Bei jeder Wetterlage. Der verliert nie die Nerven. Genauso wenig wie sein Geländewagen die Bodenhaftung. Er, sein Jeep und die Arriflex, seine geliebte Kamera, sind in diesem Lande legendär. Er ist nicht nur ein begabter, sensibler Bildkompositeur, er ist gerade auch wegen seiner unerschütterlichen Ruhe ein vorbildlicher Autofahrer.

Seine ruhige Gemütlichkeit habe er wohl, sagt er, weil seine Eltern vor langer Zeit aus Wien hierher gekommen sind. Hin und wieder, wenn Nadja und er in einem Kibbuz ein Klavier finden, singt er ihr die Wienerlieder seiner Eltern vor … Jo, mei Vota woar a Hausherr und a Seidenfabrigand …

Nadja ist relativ oft hier in En Kerem. Weil es neben dem weißen, uralten ‚Brunnen der Maria im Tal', der dem Ort den Namen gegeben hat, ein sehr gutes, leider schon viel zu bekanntes Restaurant gibt. Besonders der Petersfisch in Kräutern und der Gastgarten sind berühmt. Hier kann man bis spät in den Herbst hinein den Sonnenuntergang unter den Bäumen genießen … Heute allerdings nicht. Die steilen Kehren erinnern nun endgültig an einen Wildbach.

„Bleib, bitte, sofort stehen!"

„Kann ich nicht. Da rutscht alles. Ich fahr jetzt schon auf Geröll."

Nadja schließt die Augen. Da oben über den Bäumen, die das Tal vom Himmel trennen, liegt der Komplex des neuen Hadassah-Spitals. Dort, in einer kubischen Synagoge, sind die berühmten Glasfenster von Chagall: diese stark farbigen Darstellungen der zwölf Stämme Israels. Nadja liebt diese Bilder. Besonders im Licht der hellen Sonnentage … Ob sie ihr Baby dort oben bekommen soll? In einem Zimmer mit einer weiten Aussicht nach Westen? In den Sonnenuntergang? Im Mai …? Oder doch lieber im alten Hadassah drüben, am Wüstenrand der Stadt, mit dem Blick nach Osten, wo die Sonne aufgeht?

Apropos Baby, in die ‚Kirche Mariae Heimsuchung' ist sie bisher nie hineingekommen. Dreimal sind Günter und sie die fünfhundert Stufen hinaufgeklettert, oben aber ist das Eisenstabtor immer zu gewesen, und sie konnten nur den penibel gepflegten Garten der Nonnen und das Mutter-und-Kind-Mosaik an der Fassade betrachten.

Heute wird es anders sein. Die Gruppe ist angemeldet.

Kunstgeschichtlich soll die Kirche zwar nichts

Besonderes sein, aber Nadja mag die Geschichte, die sich hier abgespielt haben soll. Diesen Besuch der Jungfrau Maria bei ihrer Cousine. Und sie merkt, sie freut sich auch schon auf die sicher wieder sehr persönlich interpretierten Legenden, die Josef Mitterauer seiner Pilgergruppe erzählen wird. Er ist heute garantiert gut gelaunt, denn sie hat ihm ja gestern alle seine monetären Dummheitsbeweise stillschweigend zur weiteren Entsorgung abgenommen … Sie hat diese Münzen nur leider immer noch in der Manteltasche, weil sie Uri nicht erwischt hat. Sie muss Uri oben in der Kirche unbedingt gleich wieder anrufen …

Mittlerweile sind Nadja und ihr Kameramann mit einiger Mühe zwischen den sich im Sturm tief biegenden Zypressen am südlichen Berghang die fünfhundert Stufen zur Kirche der Heimsuchung hinaufgestiegen. Mit wehenden Plastikmänteln. Sie hat Mühe, ihr Tuch festzuhalten. Immerhin ist diesmal das hohe Eisengitterstabtor tatsächlich sperrangelweit offen. Angenehm ist es hier aber nicht. Der Wind pfeift auf dem Vorplatz besonders ungehindert, und von dem Mosaik auf der Eingangsfassade spritzt das Regenwasser weit weg wie von einem Brunnen.

Die gesuchte STUDIOSUS-Gruppe scheint jedoch noch vor dem Regenguss trockenen Fußes in die Unterkirche geflüchtet zu sein, wo der blauäugige, blonde Josef Mitterauer, der heute zum ersten Mal ohne Pflaster ist, seinen Leuten gerade das von den Kreuzrittern renovierte Bodenmosaik der byzantinischen Urbasilika erläutert, das neben den Steinen des biblischen Ziehbrunnens zu sehen ist.

„Man sagt, diese Steine sind aus der Zeit, in der

Maria hier ihre Cousine Elisabeth besucht hat … Ich weiß, Sie glauben mittlerweile alle die alten Geschichten nicht mehr, aber diese Begegnung kann tatsächlich hier stattgefunden haben. Wir kennen jedenfalls keine Fakten, die dagegen sprechen."

„Mensch, Josef", sagt Michi Spielvogel, die in den letzten Tagen in aller Öffentlichkeit immer vertrauter mit ihm umgeht, „du wirst von Führung zu Führung langweiliger. Gibt es absolut nichts in dieser verregneten Zypressen-Idylle, was du anzweifelst?"

Einige in der Gruppe lachen.

„Nein, bitte, eine Idylle war das für das Mädchen Maria hier nicht", sagt Josef.

„War der betrogene Nährvater Joseph eigentlich auch mit? Da?"

Zum ersten Mal meldet sich mit dieser Frage Frau Pempelfort öffentlich zu Wort. Die dürre, faltenreiche Berlinerin aus Bonn. Mit ihrem schnellen, trotz der siebzig Jahre immer noch kessen Tonfall. Habe Josef denn gar nichts Kritisches über den vorehelichen Dialog des heiligen Paares auf Lager?

Josef schüttelt den Kopf. Er bleibt erstaunlich ernst. Obwohl das Regenwasser seine Tennisschuhe völlig aufgeweicht hat, und er eher komisch damit aussieht.

„Wir können davon ausgehen", sagt er, „dass Jesus nicht geboren worden wäre, wenn Joseph nicht den Mut gehabt hätte, sich zu diesem Kind zu bekennen. Das, wie ihm klar gewesen ist, seines nicht gewesen ist. Nein, er ist von dieser Situation sicher nicht begeistert gewesen, er fühlte sich von Maria hintergangen, getäuscht und, schreibt der Evangelist Matthäus, Joseph habe selbstverständlich geplant,

Maria wegen ihrer offensichtlichen Untreue zu verlassen, wenn auch heimlich … Maria muss seine Verzweiflung aber gespürt haben und ist in diesen kritischen Wochen ihrer Schwangerschaft eben hierher geflohen. Weniger, um ihrer älteren Cousine bei deren Geburtsschwierigkeiten beizustehen, sondern sie ist wohl zu ihr geflohen, weil sie sich bei irgendwem hat ausweinen müssen … Was mach ich, wird sie gefragt haben, dieser Joseph will mich nicht mehr! Aber wenn er mich in meinem Zustand nicht heiratet, werden die Leute im Dorf mich steinigen … Und da passierte das Unerwartete, Joseph merkte in einer der vielen Nächte, in denen er einsam in seinem Bett lag und über diese unmögliche Situation nachdachte – diese Gedanken, die ihm zufliegen, nannten Poeten später ‚die Engel des Herrn' –, dass er trotz dieser fremden Schwangerschaft und der seltsamen Geschichte, die ihm Maria erzählt, Mitleid mit ihr empfindet und …"

Josef sieht Nadja an mit einem wirren, unsteten Blick. „Gesteinigt hätte man sie sonst", sagt er mehrmals und hämmert dabei mit seiner Faust auf den Randstein des Brunnens, „gesteinigt!"

Was ist los …?

Nadja ist irritiert. Was hat der Mann? Ist das wirklich derselbe, mit dem sie noch gestern ganz harmlos in dem Kenafii-Laden die süßen Käse-Honigfladen gegessen hat?

„Und die Steinigung der Mutter hätte auch das ungeborene Kind nicht überlebt! Auch dieses Kind wäre gesteinigt worden!"

Wieder trifft sein Blick Nadja, aber schnell wendet er sich ab. Als hätte er etwas zu verbergen, denkt sie, denn während ihr Handy läutet und sie erfährt, dass Uri sie sucht, redet Josef immer noch von irgendwelchen Steinigungen …

„Ich kann dich nicht verstehen, Uri, sprich langsamer!"

Uri sagt, man habe ihn vom Mittagessen weggeholt, weil irgendwelche Unbekannte einen Antiquitätenhändler gesteinigt hätten …

„Was? Wen?"

Sie fragt das so laut, dass Josef seinen Vortrag für einige Sekunden abrupt unterbricht, aber Nadja hört sich die Adresse gar nicht erst an, klappt ihr Handy zu, wirft Josef Mitterauer einen fassungslosen Blick zu und sagt ihrem Kameramann, der Frau Pempelfort gerade neben dem historischen Ziehbrunnen filmt, sie müssten sofort zurück in die Stadt.

10

Auf dem Weg zum Geschäft von Maurice Haussman versucht Nadja, sich über die einzelnen Mitglieder der Gruppe klar zu werden … Kann dieser sportlich-lockere Josef Mitterauer mit diesem entsetzlichen Feme-Mord etwas zu tun haben? Oder doch eher dieser franzjosephbärtige Professor Lewinksy? Vielleicht keiner von beiden? Sind alle diese Geschäfte mit den alten Geldstücken zufällig passiert?

Und wer von der Gruppe könnte noch an diesen undurchsichtigen Geschichten beteiligt sein? Oder zumindest etwas davon wissen?

Sie möchte so gern einen klaren Kopf haben, merkt aber, sie ist für alle ernsthaften Überlegungen zu müde, zu durchnässt von diesem Regen, und voll

Sehnsucht denkt sie an eine heiße Dusche und an ihre weichen Badetücher … Am liebsten würde sie direkt nach Haus fahren, sich die Haare waschen, sich in ihren Lehnstuhl setzen, ein Schubert-Quartett auflegen und die neue Clinton-Biografie lesen. In frischer Wäsche und im Bademantel. Während es draußen weiterstürmt.

‚First in His Class' heißt das Buch und soll dem Leser den eigenwilligen Charakter dieses begabtesten aller bisherigen Windhunde im Weißen Haus nahe bringen. Alle Kollegen loben es. Die kurioseste Figur in dieser Politgeschichte heißt übrigens ebenfalls Lewinsky … Und außerdem, überlegt Nadja, soll man, wenn man sich schon krank fühlt, keineswegs ständig herumrennen. Hat sie heute nicht schon genug getan? Und: Muss sie sich in Zukunft nicht ohnedies mehr Zeit nehmen für sich und das Baby? Von dem zwar noch nicht übertrieben viel zu sehen ist, das aber schon da ist. In ihrem Bauch … Der langsam dicker wird.

Nein, sie muss zu Maurice Haussman. Sie kann jetzt nicht nach Hause. Sie muss sogar auf dem schnellsten Weg zu Maurice Haussman und ärgert sich immer heftiger, dass die Autos sowohl auf der linken Spur wie auf der rechten zwar ständig hupen, sich aber keinen Zentimeter weiterbewegen. Alle stecken wieder einmal in einem – wie kann es in Jerusalem auch anders sein – für Ewigkeiten angelegten Verkehrsstau … Soll sie ihrem Kameramann sagen, er soll bei dem Café da rechts stehen bleiben, weil sie jetzt sofort etwas Heißes trinken muss …?

Nein, sie muss so schnell wie möglich zu Maurice Haussman. Das ist sie ihm schuldig. Auch wenn sich dort garantiert schon die übliche Horde der Zeitungsleute drängeln wird. Kichernd, grinsend, gestikulierend und fotografierend, als ginge es immer und überall nur um Prominentenhochzeiten.

Ihr Kameramann muss bremsen, der Wagen rutscht nach rechts, kurz hat Nadja mit der Stirn die Scheibe berührt, ärgerlich über sich selbst schnallt sie sich endlich an … Sie muss husten. Ist das Nervosität, oder hat sie sich in En Kerem verkühlt? Jedenfalls hat sie Halsweh. Wird sie krank werden? Am Tag vor dem Heiligen Abend?

Sie hätte heute früh ein Halstuch nehmen müssen. Bei diesem Wetter. In den Hügeln rund um Jerusalem kann es im Winter saukalt sein. Sie schlägt den Kragen hoch … Uri hat noch einmal angerufen und gesagt, es gebe das Gerücht, dieser Lewinsky habe tatsächlich etwas mit dem Mord zu tun. Ja, sie hält das selbstverständlich auch für möglich, warnt sich aber vor zu eiligen Schlüssen. Sie versucht, sich Lewinsky vorzustellen …

Das Auffallendste an ihm ist zweifellos sein Kaiser-Franz-Joseph-Bart und der diffuse Blick aus den scheinbar so widerspruchslos durchsichtigen Augen. Mit den dunklen Balkanwimpern. Und die so gleichmäßig glänzenden, schwarz gefärbten Locken, die ihm, wie einem zweitklassigen Opernsänger, zottlig in seine – allerdings jeden Tag frischen – weißen Hemdkrägen hängen. Sein Gesicht war sicher einmal nicht unhübsch, und die Haut ist immer noch elegant helloliv, aber die auffälligen Goldzähne wirken doch allzu levantinisch …!

Ja, sie weiß, sie als Libanesin sollte mit diesem Wort, das sofort nach Vorurteil riecht, vorsichtig sein, aber hier passt es, findet sie. Seine vielen, tiefen Gesichtsfalten und seine ungerahmten, scharfen

Brillengläser geben ihm zwar auch etwas intellektuell Aggressives, aber im Grund wirkt er wie ein zwielichtiger Teppichhändler aus Aleppo. Gerade auch, wenn er Personen, die er noch nicht gut kennt, übertölpeln will. Sie zum Beispiel. Anfangs wollte er sie einfach wegschieben. Das ist ihm aber nicht gelungen. Das hat er bemerkt und jetzt hält er Distanz. Dumm ist er nicht ... Sein Großvater in Plovdiv ist ein Rosenöl-Großhändler gewesen, hat ihr Professor Guggi erzählt, und jetzt will dieser Lewinsky eben endlich auch irgendwann erfolgreich sein ... Der ist wie sein Taschentuch, das sie vorhin gesehen hat, weil er sich ein paar Regentropfen damit abgewischt hat, wohl gefaltet, aber nicht sauber ... Er hat garantiert auch nach Israel etwas mitgebracht, was nicht sauber ist, und nimmt – wohlgefaltet – etwas mit zurück, was auch nicht sauber sein wird. Aber was? Hat Lewinsky heute in der Nacht Maurice Haussman getroffen? Ja? Aber wenn er ihn getroffen hat, warum hat er ihn getroffen?

Wer in der Gruppe könnte das wissen? Seine Frau? Diese ältliche Person mit dem immer noch auffallenden, rostroten Lockenschwall? Oder doch Josef? Die drei stecken sicher unter einer Decke. Das ist klar. Aber unter welcher? Josef hat die Organisation der Reise bis ins Einzelne vorbereitet. Eine genaue Reiseplanung ist die Voraussetzung für alle Sekundärplanungen. Die genauen Ortstermine und Uhrzeiten sind zwischen Lewinsky, Josef und den Partnern vor Ort zweifellos lange vorher genau abgesprochen worden. Wenn zum Beispiel Lewinsky morgen in Betlehem jemanden treffen will, weil er den nicht unbedingt unter den Augen der israelischen Polizei in Jerusalem, Nazareth oder En Kerem treffen will, muss Josef die Ankunfts- und die Abfahrtszeiten in Betlehem lange vorher genau vorgeplant haben und genau einhalten.

Wer noch kann etwas von solchen Vorbereitungen wissen? Michi Spielvogel? Josef und sie sind heute zusammen in einer Grabnische in der Unterkirche in En Kerem verschwunden, in die sonst niemand hinuntersteigen hat wollen, und als sie heraufgekommen sind, hatte er Lippenstift an der Wange ... Diese Michi Spielvogel ist sicher einigermaßen clever, quick und kaltnasig, aber allein ihre Araberkontakte könnten für Josef und Lewinsky echtes Kapital sein. Nichts ist einfacher, als ihr dies oder das mitzugeben, wenn sie irgendwelche Leute trifft. Alles bleibt vollkommen unauffällig. Sie bekommt in irgendeiner Wohnküche einen Hammelbraten und ihre Gastgeber einen dünnen Briefumschlag.

Michi Spielvogel hat jedenfalls, wenn sie mit Nadja redet, zweifellos immer einen absichtlich harmlosen Ton. Keinerlei Josef-Verdächtigungen gibt es mehr, im Gegenteil, Michi Spielvogel wirkt wie die verkörperte Hoffnung, man werde in der Gruppe doch sicher auch weiterhin hervorragend miteinander auskommen. Das hat Michi ihr jedenfalls vorhin in En Kerem wörtlich gesagt ... Aber Nadja ist sich dabei nicht sicher gewesen, ob Michi das wirklich hofft, oder ob das schon als versteckte Drohung gemeint gewesen ist.

Sie hat sich dabei mit dem Handrücken – nicht ohne Anmut – eine ihrer strohblonden Locken aus dem Gesicht gestrichen, die sich, kaum hinters Ohr geklemmt, gelöst hatte und ihr wieder über die Wange gefallen war. Dabei hat sie allerdings auffallend nervös herumgeschaut. Wie ertappt. Als dürfe man eigentlich nicht verliebt sein. In so jemanden wie diesen Josef ...

Immer unklarer wird allerdings, warum Michi Nadja am ersten Morgen heimlich zugeflüstert hat, dass Josef lüge. Ist sie zu diesem Zeitpunkt noch nicht mit ihm zusammen gewesen? Hat sie ihn erst beobachtet ...? Wenn eine Frau einen Mann will, schaut sie ihn sich ja immer früher und genauer an als er sie. Hat Michi einen vollen Tag gebraucht, um sich klar zu werden, ob dieser Josef ihr gefällt?

Vielleicht.

Die Mutter von Michi dahingegen weiß sicher nichts von alledem. Sie ist allerdings für Nadja noch undurchschaubarer als die Tochter. Sie hat bisher keinen einzigen Satz gesagt. Aber sie lacht nicht nur animiert, wenn Josef seine tausendmal erprobten Reiseführerwitze macht, sie lacht auch bei den spontanen. Die mehr Mitdenken verlangen. Ja, sie lacht so dankbar, als habe sie in den letzten Jahren nicht viel zu lachen gehabt ... Michis Mutter würde selber aber nie einen Witz erzählen. Nein, man sieht dieser Frau auf hundert Meter an, dass nicht sie ihre Tochter, sondern dass ihre Tochter sie mit auf diese Reise genommen hat, denn sie wirkt zwischen all den anderen Frauen nicht nur unscheinbar, sie wirkt, vor allem im Schatten der ungebrochenen Vitalität ihrer Tochter, ständig hilflos überfordert. Wenn irgendetwas entschieden werden muss, entscheidet immer die Tochter.

Unverdächtig scheint Nadja das Ehepaar Pempelfort aus Bonn zu sein. Heinrich und Dorothee. Er ist ein charmanter Mann mit der sympathischen Patina anmutiger Manieren, die sich Menschen in einer jahrelangen Tätigkeit in der Öffentlichkeit automatisch aneignen. Ja, er ist aus einer alten, niederrheinischen Familie, in der es nicht nur Kirchenfürsten gegeben hat, sondern auch Theaterintendanten. Er war jahrelang Kulturdezernent der Bundeshauptstadt Bonn und ist nun seit einiger Zeit im Ruhestand.

Seine Armprothesen erschrecken jeden erst einmal, aber man fängt schnell an, zu bewundern, wie geschickt er damit umgeht. Er beklagt sich nie, obwohl jeder Tag für ihn überaus anstrengend sein muss. Aber was sei das alles gegen frühere Zeiten, hat er vorhin gesagt. Er sei Soldat bei Rommel gewesen. Im Sand von Afrika hätten sie ihm die Hände weggeschossen. Ja, damals habe er sich entscheiden müssen, ob er alles aufgeben oder grundsätzlich alles anpacken wolle.

Damals habe er sich für das Anpacken entschieden, sagte daraufhin seine Frau, und seitdem verwende er für alles, wofür er Hände brauche, ihre. Sie sei seine Krankenschwester gewesen, im Lazarett, und sei das ihr Leben lang geblieben … Sie sage gern und oft, arm sein sei hart, aber armlos sein, härter.

Nein, Nadja würde gerade bei Frau Dorothee Pempelfort und ihrem Mann ihr ganzes Geld verwetten, dass die beiden nie etwas Unrechtes tun würden. Und dass die auch nichts von irgendetwas Unrechtem wissen können. Die beiden würden gegen jede Gaunerei sofort lautstark protestieren.

Auch den beiden Calvinisten aus Luzern traut Nadja keinen Schritt abseits des Mittelweges zu. Siegfried Kernen ist Arzt und seine Frau Yvonne seit dreißig Jahren Krankenschwester im selben Spital. Die stehen mit beiden Beinen fest in den Wolken ihrer Religion, aber während ihrer vielen Arbeitsstunden auch mit der allergrößten Selbstverständlichkeit im Operationssaal. Außerdem fällt den beiden schon aus Fantasielosigkeit weder etwas Unanständiges noch etwas Ungesetzliches ein. Die sind die verkörperte Bürgerlichkeit, und schon deswegen ehrenwert, weil beide viel zu viel Angst vor jedem Risiko haben ... Aber sie haben auch kein Risiko nötig. Mehr Aktien, als die Großväter hinterlassen hätten, sollte man gar nicht besitzen, hat Frau Kernen gesagt. Da werde man nur übermütig. Nein, Kinder habe man keine. Auch keine Wünsche. Außer, vielleicht, ein zweites Mal diese berühmte Nilreise ... Ägypten sei so anders als Graubünden.

Nein, auch so jemand ist kein Verbrecher. So jemand ist eine Stütze jeder Gesellschaft. Anerkannt und beliebt. Denn Herr und Frau Kernen haben immer im rechten Moment kaltes Wasser in einer kleinen Kühlflasche zur Hand oder ein Leukoplast und Salben gegen Sonnenfieberblasen und Pillen gegen Durchfall ... Verwirrt hat die Gruppenmitglieder nur die Mitteilung, dass Yvonne Kernen in der Stadtkapelle von Luzern Trompete blase. Das kam für alle doch überraschend.

Bleibt das Ehepaar Schatz. Peter und Christa. Aus Münster. Nadja hat mit beiden noch kein Wort gesprochen. Was sie selber erstaunt. Denn Christa Schatz ist eine hübsche, rundliche, blonde, kommunikative Fünfzigjährige. Sie soll eine Konditorei haben. In Münster. Deswegen steckt sie den Mitreisenden in stillen Momenten manchmal ein helles Sahnebonbon zu, das in einem Papier mit ihrem Namen steckt. Sie zwinkert dabei und lässt wissen, das sei keinerlei persönlicher Liebesbeweis, sondern ausschließlich ein geschäftliches Werbegeschenk.

Sie scheine allerdings doch, hat ihr Mann trocken eingeworfen und sich dabei grinsend über die Glatze gestrichen, mehr für sich zu werben als für das Geschäft. Schon durch ihr ständiges Lächeln dabei. Bei ihm habe sie das allerdings weiterhin nicht nötig, er wisse, was für eine süße Person sie immer noch sei, hat er gesagt, und alle haben gelacht, und die beiden Oldies haben sich – er hat einen Autohandel in Münster – mitten in der Kirche von En Kerem traumverloren geküsst.

„Wie blinde Honeymooners", meinte die verblüffte Dorothee Pempelfort.

Und alle haben gelacht.

Ja, es scheint Nadja also, nachdem sie alle Gruppenmitglieder durchgegangen ist, dass Lewinsky erst seine Frau, dann Josef, später aber wahrscheinlich nur Michi Spielvogel in seine Pläne eingeweiht hat. Nicht jedoch die Ehepaare Pempelfort, Kernen und Schatz. Die benutzt er nur, um sich zu tarnen.

Und was ist mit der verletzten Alfreda Strossmayer aus Agram? Zu welcher Gruppe zählt sie? Ist sie wirklich nur zufällig verletzt worden, fragt Nadja sich wieder einmal, während sie, da die Straßentür des Geschäfts versperrt ist, vom Hof her in das hell erleuchtete Büro von Maurice Haussman tritt, um hier irgendwo Uri Gold zu finden …

Nein, selbstverständlich will die Polizei sie nicht hineinlassen, aber sie lässt Uri rufen, und der sagt sofort, sie sei die wichtigste Zeugin, sie müsse hier rein, und dann deutet er müde auf eine von den Fotografen penibel ausgeleuchtete Ecke, in der hinter finster herumstaksenden Mordkommissionsbeamten Maurice Haussman auf dem Boden liegt.

Er ist nicht wieder zu erkennen. Der Kopf ist deformiert und voll Blut.

Nadja wird schlecht.

11

Mein Gott, denkt Nadja, das sieht hier jetzt aber absolut nicht mehr wie ein Dummerjungenstreich aus.

Sie schaut Uri entsetzt an, aber der schüttelt auch nur hilflos den Kopf, als wolle er am liebsten nichts zu tun haben mit dieser Geschichte ... Laut schneuzt er sich.

Uri Gold, der Geheimdienstmann, der im Zweiten Weltkrieg als Kind aus Budapest nach Palästina gekommen ist, wirkt auf den ersten Blick wie ein etwas zu klein geratener, kurz geschorener, grau stoppeliger Kumpeltyp. Mit seinem Dreitagebart und seiner breiten Nase. Er ist so richtig das Gegenteil von einem Feschak, wie die Ungarn sagen, aber Nadja mag ihn. Er ist viel sensibler, als er aussieht, macht ihr immer kuriose Komplimente, wird aber nie zudringlich. Also scheint mit seinen diversen Damen alles in Ordnung zu sein. Sie ist gern mit ihm zusammen und bekommt seit Monaten die besten Polit-Tipps von ihm. Er muss, trotz seines bescheidenen Auftretens, ein wichtiger Mann im Geheimdienst sein. Wann immer ein Mord mit einem Ausländer zu tun hat, taucht Uri auf, und wenn Mitteleuropäer in die Geschichten verwickelt sind, ruft er Nadja an, weil er weiß, das interessiert ihren Sender. Früher hat er immer wieder betont, er hole sie nur, damit sie irgendeinmal doch mit ihm ins Bett geht, aber seitdem er weiß, dass in ihrem Bauch ein Baby wächst, redet er nur noch von dem silbernen Taufbecher, den er schon noch rechtzeitig besorgen werde …

Was denn nun mit diesen römischen Münzen sei, fragt er, von denen sie am Telefon erzählt habe?

Sie gibt sie ihm, sagt mit letzter Konzentration schnell, was sie weiß, und danach lehnt sie sich kraftlos an die schmale Eingangstür mit dem Kommegleich-Schild. Da kommt ohnedies so schnell keiner mehr.

Uri betrachtet die Münzen, steckt sie ein und ruft einen Kollegen an. Er muss nicht viel erklären. Er nickt nur. Nadja fällt ein Stein vom Herzen. Allerdings … Dort in der Ecke liegt immer noch Maurice Haussman. Zusammengeschlagen. Kaum zu erkennen … Und solange die irgendwelche Münzen stehlen, denkt sie, ist alles vielleicht doch eine Art Scherz, das da drüben aber ist keiner mehr.

Ja, durch diese Tür hat sie gestern am Abend hereingeschaut. Und hat, trotz Günters Drängen, nicht hereingehen wollen … Wäre, fragt sie sich, das alles nicht passiert, wenn Günter und sie Maurice Haussman einfach woandershin mitgenommen hätten? Und noch irgendwo zusammen etwas gegessen hätten?

Wahrscheinlich wäre er nicht mitgegangen. Er hat seine Verabredungen ja schon gehabt. Nein, diese Steinigung ist garantiert genauso wenig ein Zufall wie die Motorradgeschichte. Das ist alles von langer Hand sorgfältig geplant worden.

Nicht nur ihre nassen Schuhe sind Nadja unangenehm, auch die feuchte Kälte, die unter der Tür hereinzieht. Und schon gar das ungenierte Gerede der Presseleute, die den Polizisten im Weg stehen. Während die mit ihren langen, gelben Klebebändern Zeichen auf den Boden machen. Und unangenehm sind ihr auch die aufdringlichen Fotografen, die den Arzt sichtlich stören, aber das Entsetzlichste ist der Kopf von Maurice Haussman. Er sieht aus, als habe jemand mit einem Hammer zugeschlagen.

Nein, sagt Uri, das sei kein Hammer gewesen. Der Mann liege unter lauter antiken Ausstellungsstücken, die offensichtlich irgendwer in einer lange aufgestauten Wut auf ihn hingeschleudert habe. Nach dem Motto ‚Unrecht Gut gedeiht nicht'. Erst am Ende habe dann jemand mit diesem Leuchter zugeschlagen. Das sei der entscheidende Hieb gewesen. Ja, an dem Leuchter hätten die Zuständigen Haare und Knochensplitter gefunden, sagt Uri, wendet sich ab und deutet auf die Männer mit ihren Plastikhandschuhen, die alle Stücke, die auf Maurice Haussman geworfen worden sind, einzeln in kleine Zellophansäcke stecken.

„Er scheint sich nicht gewehrt zu haben. Seine Hände sind unverletzt. Ohne jede Abschürfung. Ohne eine Schramme. Er hat wahrscheinlich sein Leben lang nie etwas Raues angegriffen. Nur Marmorköpfe, glatte Pergamente, Kugelschreiber oder Füllfedern."

Manchmal, erinnert sich Nadja, hat er allerdings auch den Deckel einer Balsamkanne in der Hand gehabt. Wie gestern. Und hat ihn genau dorthin zurückgestellt, wo ... Wo er heute nicht mehr ist.

Was?

Nadja wird wieder hellwach. Wer hat denn diesen Kannendeckel hier weggenommen? In der Zwischenzeit.

Nein, hier seien keine Spuren eines Kampfes, sagt

Uri, keine umgekippten Stühle, keine umgeworfenen Lampen, hier sei nichts, was einen an ein Tohuwabohu vor einem Mord denken lassen könne. Auch auf dem Boden sei keine Spur zu sehen, die einen annehmen lasse, dass irgendwer den Toten mühevoll in diese Ecke gezogen habe. Der Mann scheine von Anfang an unter diesem Thoraschrein gewartet zu haben, bis man ihn anklagen, verurteilen und exekutieren würde. Wie eine unverrückbare Zielscheibe scheine er gewartet zu haben.

Blitzlicht auf Blitzlicht zuckt durch den Raum, der durch die nassen Schuhe und Stiefel der aus und ein gehenden Beamten ständig schmutziger wird. Besonders der hellblaue indische Bilderteppich in der Mitte des Geschäfts ist bereits total verdreckt.

„Ist seine Frau in Jerusalem?"

Er habe ihn immer nur mit anderen Frauen gesehen, sagt Uri. Bei allen kulturellen Veranstaltungen. Das könnten aber natürlich Geschäftspartnerinnen gewesen sein. Kundinnen. Journalistinnen. Aber eins stehe fest, einer Ehefrau habe er ihn nie vorgestellt … Aber am meisten wundere ihn, dass in diesem Geschäft absolut nichts gestohlen worden sei.

Soll sie ihm die Beobachtung mit dem Deckel der Balsamkanne erzählen? Nadja zögert einen Moment, schon redet Uri weiter: „Es ist unglaublich, aber zwei, allerdings sehr dünne Bündel Schekel und Dollar liegen in der Schreibtischlade. Das kommt zwar oft vor, dass der Täter viel Geld mitnimmt, aber demonstrativ auch ein paar Scheine liegen lässt, um zu verwirren, hier jedoch habe er das Gefühl … So, die sind fertig. Du kannst drehen."

Nadja gibt ihrem Kameramann ein Zeichen, damit er einen Schwenk und ein paar Schnittbilder macht. Obwohl sie noch keine Idee hat, wie sie die verwenden wird. Zu ihrem Drei-Königs-Film passt das alles hier gar nicht.

„Wie lange ist das her?"

„Die Exekution? Elf Stunden, sagt der Arzt. Es muss mitten in der Nacht passiert sein. Verblüffend leise allerdings. Ohne Schreie, Schüsse und Hundegebell. Haussman hat einen stadtbekannten Hund gehabt, aber ausgerechnet den hat offenbar jemand mitgenommen."

„Wer hat ihn denn gefunden?"

„Ein Rabbiner aus Florida hat dem Portier im King-David-Hotel da schräg gegenüber heute früh gesagt, er habe zufällig durch diese Tür hereingeschaut, an der du lehnst, und habe zuerst gedacht, er sehe eine katholische Märtyrerstatue da in der Ecke sitzen …"

Nadja nickt.

„Und warum haben sie dich geholt? Werden Ausländer verdächtigt?"

„Ja. Dein Freund Lewinsky … Mit ihm war Haussman gestern um Mitternacht noch essen. Im ‚Minarett'. Da beim ‚Hilton' … Aber Lewinsky ist nicht der einzige verdächtige Ausländer. Dort auf seinem Schreibtisch liegt die Kopie einer Rechnung für einen Mann aus Jericho. Abdullah Husseini heißt der. Nie gehört den Namen. Aber in Jericho ist Jordanien nicht weit. Ich denke nur, wenn dieser Mann aus Jericho einer von diesem Exekutionskommando gewesen ist, hätte er seine Rechnungen garantiert nicht hier liegen lassen. Ich glaube eher, dass die mitternächtlichen Gäste, also Lewinsky oder jemand nach ihm, diesen Zettel mit der Jerichoadresse extra hier hingelegt haben, um die Polizei eine Zeit lang am tiefsten Punkt der Welt im Kreis um ein paar Dattelpalmen rennen zu lassen."

„Wie heißt der Mann?"

„Abdullah Husseini."

„Und wer", sagst du, „ist das?"

„Ich habe den Namen nie gehört, aber wenn ich im Computer etwas über ihn finde, schick ich ein E-Mail", sagt Uri, während die Leiche in den Hof getragen wird. Nadja kann nicht hinsehen. Sie dreht sich um und schaut durch die Scheibe der Tür auf die Straße ... Zwei Polizisten gehen auf dem Gehsteig vor dem Geschäft hin und her. Niemand beachtet sie. Es gibt heute kaum Fußgeher. Das Wetter ist zu widerlich. Es stürmt immer noch, und der heftige Regen verwischt nun endgültig alle Spuren der Nacht.

Ist es kälter geworden? Das ist doch keine Schneeflocke? Oder hat Nadja Sehstörungen? Auch vorhin war ihr schon schwindlig. In der Unterkirche von En Kerem. Wo sich plötzlich alles um sie herum gedreht hat, und ihr schien, dieser Fremdenführer aus Wien sei ein Verrückter! Mit seinen ständigen Steinigungen ... Weil das Gesetz es verlangt, weil das Gesetz es verlangt, weil das Gesetz ...

Welches Gesetz gilt hier? In diesem Luxusgeschäft? Das Gesetz des Marktes? Das politische Gesetz der Umverteilung der Macht? Oder doch das alte Gesetz der Wüste? Wenn Araber aus Jericho im Spiel sind ... Oder gibt es heutzutage tatsächlich immer noch Leute, die nach dem uralten Dornbusch-Gesetz des Moses hier ihre Urteile fällen? Oder nach dem Gesetz des Mohammed? Wie in Afghanistan? Hat dieser Fanatiker in En Kerem vielleicht von so einem Gesetz geredet?

Aber warum ausgerechnet er?

Oder könnten zum Beispiel für irgendwelche Menschen heute die Juden, die seit mehr als fünfzig Jahren von überall in der Welt wieder nach hierher zurückkehren, das sein, was vor zweitausend Jahren den damaligen Juden die Römer gewesen sind? Ungeliebte Besatzer? Die mit aller Rücksichtslosigkeit vertrieben werden müssen?

Aber warum bringen die dann nicht wieder den Ministerpräsidenten um? Der selbst genügend Attentate auf dem Gewissen hat? Warum erschlägt jemand ausgerechnet diesen Händler?

Uri hat gesagt, das Einzige, was er ziemlich sicher weiß, ist, das hier war sicher nicht einer allein. Das war keine Privatrauferei. Fuß-Spuren hat man zwar keine gefunden, das heiße aber nur, dass die Spuren – die hier gewesen sind, nun aber nicht mehr da sind – von Leuten gewesen sein müssen, die sich auskennen. Die wissen, wie man solche Besuche macht. Ohne Spuren zu hinterlassen.

Bleibt die Frage: Wo sonst könne man Spuren dieser Leute finden?

Dany Gruenspan hat gesagt, Maurice Haussman sei immer wieder in einem ehemaligen orthodoxen Kloster gewesen. Im militärischen Sperrgebiet. Südlich der Allenby-Brücke. Und da drüben auf dem Tisch von Maurice Haussman liegt eine Rechnung für einen Araber aus Jericho. Für einen Abdullah Husseini. Das liegt dort am Toten Meer doch alles in Sichtweite. Dieses Kloster, Jericho und die Ruinen von Qumran. Und gerade diese alten Qumran-Texte sind doch die große Leidenschaft von Maurice Haussman gewesen. Könnte man in diesem Kloster dort vielleicht etwas finden, was mit Qumran zu tun hat? Eine spezielle Kunden-Kartei? Und damit die Liste der möglichen Mörder? Falls ihn tatsächlich einer dieser Kunden umgebracht hat?

„Ich habe gestern – mit Günter zusammen – hier Papyrus-Blätter in der Hand gehabt, die jetzt fehlen“, sagt Nadja und deutet auf den offenen, mit rotem Samt ausgelegten Mittelschrank.

„Was, bitte, fehlt?“ Uri knipst sein Diktiergerät an. „Was fehlt?“

„Der Deckel einer Balsamkanne und ...“

„Wieso weißt du das?“

„Und ein Stück Papyrus.“

12

Abu Selim, der schwergewichtige Glatzkopf, der heute ausnahmsweise in der Tür seines Käse-Honig-Fladen-Ladens steht und nicht im Türkensitz auf seinem Kassaplatz sitzt, winkt Nadja zu sich, sie winkt mit ihrem Regenschirm freundlich zurück und will trotz seiner Einladung vorbeigehen im Gedränge des Schuk. Der Mann winkt aber noch einmal, also bleibt sie doch stehen, tritt unter das schmale Vordach und klappt ihren Schirm zu.

Der massige, scheinbar immer nur träge Kenafii-Chef zeigt mit schmalen Augen und einer minimalen Bewegung hinter sich, wo unter den schwarzen, gold gerahmten Koransprüchen ein dünner Mensch mit einem langen Hals, einem grauen Gesicht und einer enorm langen Nase sitzt. Wie ein Schnabel ist diese Nase, denkt Nadja. Der hockt da wie ein Aasgeier, der immer wieder heimlich herumschaut, was rundum auf den Tellern liegen bleibt.

Und außerdem liest er auch nicht die ‚Herald Tribune' wie jeder vernünftige Ausländer, sondern das Rechtsblatt ‚Jerusalem Post'.

Plötzlich hebt der Mann mit der Geiernase, den dicken Brillen und dem weizenweißen Haar – das er auch noch zu einem lächerlichen Zopf zusammengebunden hat – den Kopf und schaut Nadja tatsächlich an wie ein Aasgeier. Wie diese grauen Vögel das tun, die aus der Ferne die Sterbenden beäugen, allmählich näher kommen, sie mit ihren ungeduldigen, finsteren Flügelschlägen umkreisen, um im entscheidenden Moment niederzustoßen ... Da weiß sie plötzlich, den Mann hat sie in den letzten Tagen schon einmal gesehen. Der umstreicht sie. Ja, irgendwann wird er mit seinem langen Hals und seinem spitzen Schnabel auch auf sie losstoßen, das spürt sie, aber noch scheint es nicht so weit zu sein.

Ja, denkt sie instinktiv, das ist einer von diesen Totenvögeln, die in einer ganz bestimmten Situation von irgendwoher auftauchen, weil es nach Tod und Aas riecht. Das ist einer von diesen schwarzen Begleitern des Todes, und wenn es eines Tages zu viele von denen hier gibt, wird die ganze Stadt untergehen.

Nadja muss kurz lachen über ihre Untergangsfantasien, da schaut der Aasgeier sie wieder so direkt an, dass ihr das Lachen vergeht, ja, er schaut sie so direkt an, als wolle er sie anreden. Das passiert ihr in letzter Zeit immer öfter. Dass Leute sie wegen ihrer Berichte im Fernsehen auch auf der Straße erkennen. Die deutschen Privatsender gewinnen auch hier mehr und mehr Zuschauer, und das freut sie einerseits, andererseits verliert sie dadurch jede Anonymität.

Nadja wendet sich wieder dem Ladenbesitzer zu und fragt leise, was denn mit dem Geierschnabel sei?

Der habe sich gestern mit dem jungen Mann getroffen, mit dem vorher sie hier gewesen sei.

Was, gestern?

Ja, mit dem, der ihr die Münzen auf den Tisch geworfen habe, sagt der schwere Mann mit der Glatze und nickt. So als würde er nicht gerne mehr verraten. Aber dann sagt er doch, dem da hinten sei genauso wenig zu trauen.

Wie wem?

Wie dem mit den Münzen. Obwohl beide deutsch miteinander geredet hätten. Ja, früher einmal seien alle Deutschen solide Partner gewesen, aber das sei lange vorbei.

Warum? Was habe der getan?

Der gebe zum Beispiel für seine Verhältnisse viel zu hohe Trinkgelder. Solche Leute wüssten, dass keiner sie riechen könne, und würden sich die Zuneigung kaufen wollen.

Verwahrlost sehe der aber nicht aus.

Bei manchen sehe man das nur an den Schuhen. Die von dem da seien immer ungeputzt. Und die Absätze abgetreten. Gestern sei übrigens auch noch ein Dritter dabei gewesen. Einer der fünf Khadr-Söhne. Den die Polizei schon mehrmals abgeführt habe. Und noch nie aus politischen Gründen.

Die Polizei? Warum?

Früher sei Opium ein Genussmittel gewesen, sagt der Dicke melancholisch. Sogar Derwische hätten es genommen. Aber jetzt sei das alles ‚Suchtgift'. Und verboten. Früher sei Jerusalem eine farbige, reiche, sinnliche, arabische Stadt gewesen, jetzt sei sie bald nur noch koscher. Nein, er selber habe nie etwas gegen Juden gehabt. Die Zionisten vor und nach dem Ersten Weltkrieg seien ordentliche Leute gewesen. In den letzten Jahren seien aber fast nur noch Narren aus New York gekommen. Wer von den Jungen in New York nichts tauge, würde von den verzweifelten Verwandten direkt hierher nach Jerusalem geschickt.

Nadja dreht sich zu dem Menschen um, der mit den langen Armen und seiner schwarzgrauen Regenpelerine einem Aasgeier tatsächlich immer ähnlicher zu sein scheint. Besonders jetzt, wo er seine Flügel hebt und, sich um mehrere Stühle windend, zu ihr kommt, sich verbeugt und mit einer dünnen Fistelstimme seinen Namen nennt.

Horst Forestier, sagt er, mit der Betonung auf der letzten Silbe, und dann fragt er, ob er Nadja auf eine Portion Kenafii einladen dürfe?

Dabei deutet er auf den Nachschub. Auf das mächtige, runde, grüngoldene, dampfende, duftende Käsekuchenblech, das aus der Küche gebracht wird.

Nadja zögert.

Sie müsse keine Angst haben, er sei kein Gestrandeter, der sie anbetteln werde, sagt er, er sehe sie nur so oft in den Nachrichten, dass er sich gedacht habe, wenn sie ihm einmal über den Weg laufe, müsse er sie unbedingt ansprechen und ihr sagen, ihre Berichte seien ‚einfach wirklich' zu zionismusfreundlich.

Ausgerechnet er sage das? Ein Deutscher?

Er sei zur Hälfte Franzose. Und der Holocaust, das sei klar, sei eine unsägliche Gemeinheit gewesen, heute aber müsse man gerade deswegen die Sache der Palästinenser betreiben. Nicht die ihrer Unterdrücker. Heute seien die Juden die Nazis.

Nadja schüttelt missbilligend den Kopf und fragt indigniert, was er denn hier mache?

Geschäfte.

Mit Drogen?

Aber nein, sagt er mit einer sanften, geradezu gramvollen Leutseligkeit. Er organisiere Lieferungen von Hilfsgütern für die Zeltlager in Gaza, bringe aus Straßburg das von christlichen Partnergemeinden gesammelte Geld hierher und organisiere in Jericho und in Berlin Ausbildungsplätze.

„In Jericho? So ..."

„An Spezialmaschinen. Ja. Wie kommen Sie auf Drogen?"

„Weil Sie sich in aller Öffentlichkeit mit Palästinensern treffen, die unter anderem wegen Drogenhandel eingesperrt waren."

Horst Forestier deutet auf den dicken Ladenbesitzer, der sich, weil die beiden deutsch gesprochen haben, zurückgezogen hat und wieder im Türkensitz auf seinem Platz an der Kassa sitzt.

„Er hat das gesagt? Aber das wissen Sie doch genauso gut wie ich, wenn man in dieser orientalischen Zauberstadt allen ausweicht, die einen Spleen haben, kann man sich bald nur noch allein ins Caféhaus setzen. Nein, ich will Ihnen keine Drogen verkaufen. Ich wollte nur ganz spontan über Ihre Sendungen mit Ihnen reden ... Leider kommt da aber der Mann, mit dem ich verabredet bin. Ja, auch er ist ein Araber. In der Altstadt leben trotz der immer unangenehmer werdenden Situation immer noch mehr Araber als Juden ... Und da ich viel mit ihm zu bereden habe, möchte ich ihn nicht warten lassen. Darf ich Sie bei

Gelegenheit anrufen? Sie sind doch im Telefonbuch, oder?"

Nadja ist dieser Totenvogel zwar unangenehm, trotzdem nickt sie. Während der Jericho-Erwähnung vorhin dachte sie sofort an Maurice Haussman. Dort lag eine Jericho-Rechnung auf dem Tisch ...

Ja, das Gesicht dieses anderen Mannes, der eben vorbeigeht und den Mann, nachdem der ihn angeredet hat, mit einem seltsamen Augenzwinkern begrüßt, hat sie auch schon irgendwo gesehen. Diesen dunklen Araberkopf mit der breiten Nase ... Ja, dieser Mann hat zweifellos Würde. Er trägt ein langes, blaues Gewand, und seine linke Hand, die mit einem Spazierstock mehr spielt, als dass sie sich auf ihn stützt, schmückt ein dickes Goldarmband.

Der Mann sieht aus wie ein blinder Karawanenbesitzer aus Mekka, denkt sie, bedankt sich, nachdem die beiden verschwunden sind, bei dem Erzeuger der Kenafii, spannt ihren Schirm wieder auf und geht durch die schmale Et-Tuteh-Straße hinunter zum Hospiz, wo Professor Guggi, wie ihr an der Pforte gesagt wird, in der Bibliothek schon seit einer Stunde auf sie warte.

Sie will sofort zu ihm, aber Michi Spielvogel hält sie vor dem Lift auf und sagt, während sie ihre etwas kindischen, blonden Lockenzöpfe aufgeregt schüttelt, sie habe mit Josef noch einmal alles besprochen, habe Nadja dabei auch verteidigt, müsse aber doch sagen, Josef lasse sich viel zu viel von ihr bieten. Wo Nadja doch nicht zur Gruppe gehöre. Es sei ein Entgegenkommen von allen, dass man ihre Fernseharbeit dulde, aber ein wenig mehr Zurückhaltung würde Nadja besser anstehen. Sie müsse nicht andauernd hinten irgendwo herumreden, zum Beispiel, während Josef vorne seine Erklärungen vortrage.

Oh, denkt Nadja, das klingt ja richtig nach Eifersucht! Was ist passiert? In dieser Nacht? Der hübsche Josef wird doch nicht, wenn er wirklich bei dieser Art Steinigung dabeigewesen ist, von der er heute in En Kerem so unüberhörbar geredet hat, ein Alibi gebraucht haben? Hat er deswegen bei Michi Spielvogel angeklopft? Um sich bei ihr das Blut von den Händen zu waschen?

„Hat er Blut an den Händen gehabt?"

Michi schaut sie kurz an, rennt dann aber plötzlich weg.

Warum so abrupt?

Nadja geht zu Professor Guggi. Ja, er erwarte sie tatsächlich, weil er selbstverständlich schon von mehreren Seiten von dem grauenvollen Ende des Antiquitätenhändlers erfahren habe. So etwas rede sich schnell herum in dieser Grabhöhlenstadt. Nein, wer die Mörder seien, ahne er nicht. Denn Fingerabdrücke habe man offenbar keine gefunden. Nein, er selber habe Maurice Haussman schon längere Zeit nicht gesehen, aber ...

Nadja nickt, will mit ihrer vagen Überlegung beginnen, dass eventuell eine Gruppe von Fanatikern so verrückt gewesen sein könnte und ... Da stockt ihr Atem. Sie sieht dasselbe Blatt in der Hand des Professors, das sie gestern in der Hand von Maurice Haussman gesehen hat. Diesen Papyrus mit dem aramäischen Alphabet im Buchstabenvergleich. Maurice Haussman hat sie noch extra auf das Altaramäische hingewiesen und dann das Blatt sehr vorsichtig neben den Deckel der kleinen Balsamkanne in seinen Glasschrank zurückgelegt. Heute früh aber sind diese Dinge nicht mehr dort gewesen. Der Deckel nicht und nicht dieses Blatt.

Nadja hört sich fragen, wie der Professor sich das erklären könne?

„Von welchem Blatt – reden Sie?“

„Sie haben eben gesagt, Sie haben Maurice Haussman lange schon nicht mehr gesehen. Ich aber habe ihn noch gestern Abend gesehen. In seinem Geschäft. Und da hat er mit mir über dieses Blatt gesprochen, das jetzt Sie in der Hand haben. Ja, vorhin war ich wieder in seinem Geschäft, aber dieser Papyrusstreifen lag dort nicht mehr. Klarerweise ... Weil Sie ihn haben.“

„Aha“, sagt Professor Guggi verblüfft und macht eine lange Pause. „Dann scheinen Sie gestern also knapp vor mir bei ihm gewesen zu sein. Wie es scheint. Ja, ich habe diese beiden Dinge gestern in der Nacht von ihm erworben, das ist richtig.“

Was? Nadja kann nicht glauben, dass dieser Mann in dieser Situation so naiv mit ihr reden kann. Erst hat er gesagt, er hat Maurice Haussman elendslange nicht gesehen, und jetzt sagt er, gestern Abend aber schon noch?

„Haben Sie eine Rechnung?“

„Liebhaberpreise, ich bitte Sie, quittiert man nicht mit Rechnungen.“

„Warum haben Sie mir denn dann aber eben noch gesagt, Sie haben ihn lange nicht mehr gesehen?“

„Weil Sie so sind, wie Sie sind. Sie reden mit allen über alles, und ich möchte unter keinen Umständen, dass sich herumredet, dass ich diese Stücke habe. Alle Verhöre hier in diesem Land sind sehr unangenehm. Auch wenn man unschuldig ist, behandeln die einen, wenn man nicht Jude ist, wie einen Verbrecher. Ich habe auf Sie gewartet, weil …“

„Haben Sie – ein Alibi?“

„Ich? Ich brauche keins. In unserer Branche kennt mich jeder. Ich bin von Maurice gegen zehn Uhr abends hierher gegangen, seitdem sitze ich über diesem Text. Sie sehen es sicher an meinen Augen. Ich habe noch keine Minute geschlafen.“

Nadja kann das schwer glauben, aber offenbar hat ein Mann wie Professor Guggi kein Alibi, weil er einfach nicht auf die Idee kommt, dass er eines brauchen könnte.

„Ein Mann wie Sie, sagen Sie, braucht kein Alibi, gut, aber wer, denken Sie, wird jetzt dringend eins brauchen?“

„Alle, die dabei gewesen sind. Vor allem der Liebhaber, den er vor wenigen Tagen vor die Tür gesetzt hat.“

„Wer ist das?“

„Abdullah Husseini nennt er sich hier. In seinem Pass steht aber wohl sein ursprünglicher Name … Horst Forestier. Er wohnt da ganz in der Nähe. In der ersten Seitengasse links. In diesem mit dem rotgrünschwarzen Felsendom bemalten, niederen Haus. Man glaubt, da seien nur Moslems drin, aber die Malerei hat er gewollt. Forestier. Wahrscheinlich als Tarnung. Als Irreführung. Die Palästinenser, die auch dort wohnen, hör ich, sind nämlich Christen … Ja, die mögen ihn vor allem deswegen, weil er ihnen bei jedem Besuch deutsche Gemeindespenden mitbringt.“

„Ah, der ist das! Den habe ich, glaube ich, gerade getroffen!“

„Ja, diese Stadt ist, wenn man von den Touristen absieht, erstaunlich überschaubar."

„Dieser Abdullah Husseini war mit einem recht würdevollen, dunklen Araber zusammen."

„Hat der einen Blindenstock gehabt? Dann war das Abu Khadr. Ein Händler. Der hat seinen Laden hinter der Grabeskirche. Aber vor allem hat er fünf Söhne. Zweifellos hat einer von denen die beiden Frauen niedergestoßen. Am Sonntag. Mit dem Motorrad. Da unten in der Tarik el-Wad ... Die Frau im Spital ist übrigens immer noch ohne Bewusstsein."

„Haben diese Khadr-Söhne Maurice Haussman umgebracht?"

Professor Guggi zögert.

„Maurice Haussman und Abu Khadr wurden in den letzten Jahren immer härtere Konkurrenten. Haben alle Regeln ignoriert. Wie Kain und Abel. Zudem war da anfangs auch noch eine Liebesgeschichte von Haussman mit Ali, dem hübschesten der Khadr-Buben, an der beide Seiten offenbar ein gewisses Interesse gehabt haben, aber bald ging es dann doch nur noch um die Frage, wen die Fellachen in Zukunft beliefern dürfen, die arabischen Händler in der Altstadt, also Abu Khadr zum Beispiel, oder die jüdischen Händler in Westjerusalem."

„Haussman."

„Ja."

„Und dieser Abu Khadr hat ihn jetzt beseitigt?"

„Der hätte ein Motiv. Der entlassene Liebhaber Abdullah Husseini ein anderes. Man muss auf die Auswertung der Fingerabdrücke warten. Hat man mir zugetragen. So man welche findet."

„Wer – hat das gesagt?"

„Ach, meine Liebe, lassen Sie mir doch ein paar

Geheimnisse. Wenn ich Ihnen sage, wer mir das gesagt hat, würde Ihnen das gar nichts bringen. Ich weiß, was Sie wissen wollen, und was immer ich in diesem Zusammenhang erfahre, sage ich Ihnen schon ... So lange nur Sie nichts von diesen Dingen herumerzählen."

Er deutet auf seine Papiere.

Nadja misstraut ihm sofort wieder, hat aber keine Zeit, nachzufragen, ihr Handy läutet, und Günter behauptet mit einer unüberhörbar sanften Stimme, er habe eine absolut übermächtige Sehnsucht nach ihr ... Wo er sie abholen könne?

Vierter Teil

13

Das ist nicht möglich, denkt Nadja, aber sie hat es schon vom Bett aus gesehen: Es schneit! Es schneit in Jerusalem! Ja, hier vom Fenster aus ist es unübersehbar! Dichte Flocken fallen vom Himmel, und die sonst so sanftgelben Steinwände der Stadtmauer jenseits des Tales sind heute schneeweiß! Und dieses Wunder passiert nicht an irgendeinem Tag, sondern ausgerechnet am vierundzwanzigsten Dezember!

Nadja kriecht zurück ins Bett, kuschelt sich an Günter und flüstert ihm ins Ohr, dass es schneit.

Er rührt sich nicht.

„Jetzt lebe ich jahrelang hier, und es hat nie geschneit, und heute ist der vierundzwanzigste Dezember, und es schneit! Da draußen liegen dreißig Zentimeter Schnee. Wir sollten uns anziehen und einen Schneemann bauen. Vor dem Hauseingang. Der hält dann Wache, damit keinem von uns dreien was passiert … Der Schneemann könnte prächtig aussehn! Ich hab eine Banane im Eisschrank für die Nase, und für die Augen nehmen wir Cognacpflaumen … Ach, Liebling, geht es uns gut! Dir geht es gut, mir geht es gut und unserer Kleinen in meinem Bauch geht es auch gut. Ich hab sie mir gestern genau angesehen. Kopf, Hals, Bauch, alles ist da.“

„Das ist bei allen Embryos so“, sagt der verschlafene Günter und versucht, mit diesem Satz seine

Vaterrolle an diesem Tag gleich mit grundsätzlicher, journalistischer Vernunft anzulegen.

„Ihr Herz, bilde ich mir ein, schlägt doppelt so schnell wie meines."

Günter versucht, etwas zu hören, kann aber nur Nadjas Herzschlag erkennen, probiert ziellos noch etwas herum, lässt seine Zärtlichkeitsversuche aber bald bleiben, weil er erstens zu verschlafen ist für jedes logische Vorgehen und zweitens verarbeiten muss, dass es schneit. Was nämlich heißt, dass alle Schulen, Universitäten und Ämter heute zu sind, dass keine Busse fahren, und dass auch der übrige Verkehr, der normalerweise die Straßen dieser Stadt verstopft, heute, wenn alle ineinander rutschen, endgültig zusammenbrechen wird. Winterreifen gibt es in dieser Gegend nicht. Er weiß das von der letzten Schneekatastrophe. Es gibt keine einzige Schneeschaufel in Jerusalem, und da draußen liegen dreißig Zentimeter! Ausgerechnet am Vierundzwanzigsten! Gut, dass in diesem Jahr wieder nur wenige Touristen zu den Heiligen Stätten kommen, denn das Chaos am Flugplatz – wenn die Männer in dieser Situation überhaupt arbeiten – und auf den Zufahrtsstraßen nach Jerusalem herauf wäre bei Hunderten von Bussen noch unausdenkbar viel dramatischer.

„Ich hab eine Idee ... Wir bleiben im Bett. Draußen sind eh alle überfordert. Wir gehen nicht einmal zum Felsendom, der jetzt mit seiner goldenen Kuppel und den blauen Kacheln im weißen Schnee noch überirdischer aussehen muss als sonst ... Wir bleiben in den Daunen, essen die Vanillekipferln, die meine Mutter geschickt hat, trinken die Fünfliterflasche Champagner leer, die im Eisschrank liegt, zünden, wenn es finster wird, die Chanukka-Kerzen an, werfen einen letzten Blick auf die Weihnachtskarten unserer abgelegten Freunde und Freundinnen aus Europa und Amerika, packen die Geschenkpakete aus und …“

„Ja, so machen wir das … Ich muss nur vorher noch mit meiner Gruppe nach Betlehem.“

„Auf diesen Schneestraßen? In dem Sommerreifenland? In deinem Zustand?“

„Gerade Betlehem ist ein passender Ort für eine werdende Mutter. Aber wenn du unbedingt etwas tun willst für mich, komm mich abholen. Ich werde um Mitternacht mit den anderen in der Mette bei den Franziskanern sein. Aber danach bin ich frei.“

„In dieser hässlichen, neuen Kirche?“

„Erstens ist die nicht neu, sondern auch schon hundert Jahre alt, und zweitens feiern die Griechisch-Orthodoxen in der Geburtsbasilika nebenan erst im Januar Weihnachten. Willst du bis zum Sechsten warten? Nein, ich finde, wir treffen uns um Punkt eins beim Abgang zur Hieronymusgrotte und danach, das wird wunderbar, machen wir uns hier einen stimmungsvollen Weihnachtsabend.“

„Einen Weihnachtsmorgen meinst du … Aber gut, ich seh ein, du willst unbedingt beobachten, wer dort wen trifft. Ja, ich weiß, dort ist es einfacher als hier. Weil die palästinensische Polizei weniger scharf hinschaut als die israelische. Und Kirchen waren ja immer Orte unerlaubter Techtelmechtel … Aber soll ich dich nicht wenigstens hinbringen? Wenn du bei dem Schnee schon unbedingt in dieses Arabernest willst“, sagt Günter und springt so energisch aus dem Bett, als müsse nicht sie, sondern er in ein paar Minuten in Betlehem sein.

„Mein Gott, es schneit tatsächlich! Die Bäume auf dem Berg Zion da drüben sehen aus wie die am Zürisee.“

Nadja springt auch aus dem Bett, bittet um koffeinfreien Kaffee, ruft im Hospiz an und hört von ihrem Sunnyboy aus Wien, wie erwartet, die Abfahrt nach Betlehem sei erst um eins. Und weil die kommende Nacht auf jeden Fall lang sein werde, seien auch alle noch in ihren Betten.

Vortrefflich, sagt sie, denn sie habe vor, in ihrem Bericht über Betlehem nicht nur den Ort zu zeigen, an dem Jesus geboren worden ist, also die Höhle unter der Geburtsbasilika in Betlehem, sondern auch den Ort, von dem aus seine Lehre am stärksten beeinflusst worden sei. Also Qumran. Die Ruinen müssten bei dem Licht heute zauberhaft sein. Ob er nicht mit ihr um zehn zum Toten Meer hinunterfahren könne, um ihr einiges von dem, was er immer so überzeugend vortrage, direkt in die Kamera zu sagen?

Sie erwähnt selbstverständlich nicht, dass sie vor allem herausfinden will, warum er gestern in En Kerem ständig von ‚Steinigungen‘ geredet hat. Von den ‚alten Gesetzen‘. Haben die vielleicht doch was mit Qumran zu tun? Und – mit Maurice Haussman?

Josef zögert, als würde er den journalistischen Hinterhalt ahnen, und stimmt nur zu, weil sie ihm sehr viel Geld verspricht …

Davor aber muss sie noch ins American-Colony-Hotel, denn ihr Chef ist überraschend nach Jerusalem gekommen und erwartet sie, laut Fax, in seinem Hotel zum Frühstück … Aber wie kommt sie dorthin? Heute ist kein Taxi zu kriegen, und Günter ist eben mit dem Wagen ins Büro gefahren. Sie beschließt, zu Fuß zu gehen. Durch den weichen, bei jedem Schritt leise knirschenden, frischen Schnee zum Jaffator hinüber, bergauf die Stadtmauer entlang, am Damaskustor und dem verschneiten Garten beim ehemaligen Mandelbaumtor vorüber, das zwischen achtundvierzig und siebenundsechzig der sagenumwobene Checkpoint Charly von Jerusalem gewesen ist, bis zum American-Colony-Hotel … Langsam und wie verzaubert geht sie durch die heute so ungewohnt sauberen, wie mit Puderzucker bestaubten Gassen …

Auch hier vor dem Hotel ist durch den Schnee alles anders. Statt des üblichen, elegant hupenden Hin und Her auf der engen Autozufahrt begegnet sie nur vorsichtig lächelnden Spaziergängern, die ihr ungeschickt entgegenrutschen. Sogar der gold geschmückte, uniformierte Obertürsteher, der sonst immer zu einem Gespräch bereit ist, hat heute, trotz der poetischen Schneeflocken auf der Dienstmütze, kaum Zeit für sie, da er ständig jemandem helfen muss, wieder aufzustehen, ja selbst im sonst immer so besonders tropischen Innenhof liegt an diesem Morgen dicker Schnee auf den Blüten, den Palmen, dem Orangenbaum und auf dem osmanischen Springbrunnen, kurz, die sonst weit offenen Tore und breiten Durchgänge sind verhängt und verriegelt, die Räume überheizt, und alles ist winterlich ruhig, nur ihr Chef nicht. Im weiten, osmanisch dekorierten Frühstücksraum telefoniert er hektisch, laut und aufgeregt mit seinem Handy. Weil offenbar jemand aus der Umgebung des Vorsitzenden Arafat ihn nun doch tatsächlich zur heutigen Mette nach Betlehem eingeladen hat! Wie er ihr sofort stolz erzählt. Ihn, den praktizierenden Karrierebayern, sagt er und streicht dabei liebevoll über seinen Bart und seine beginnende Glatze.

„Unsere Basiliken zu Hause sind auch urig, Altötting zum Beispiel, aber was ist ganz Bayern gegen diese allerheiligste Basilika von Betlehem?“

„Die Mette ist nicht in der Basilika. Sondern nebenan. In der so genannten Franziskanerkirche.“

„Egal, ich werde mir die Geburtsbasilika heute ansehen. Das ist sehr bewegend für mich. Über fünfzig Jahre habe ich an jedem Weihnachtstag die Geburtshöhle ganz klein im Wohnzimmer aufgebaut, erst für die Eltern, später für die Kinder, heute aber werde ich endlich die richtige sehen. Die einzig richtige! Ja, ich weiß, das können Sie nicht verstehen, was das für mich bedeutet … Sind Sie überhaupt christlich erzogen worden? In Beirut? Aber wenn auch, mittlerweile glaubt so jemand wie Sie wahrscheinlich an gar nichts mehr, gel? Spätestens am Totenbett werden Sie aber merken, meine Liebe, was Ihnen fehlt. Ich jedenfalls werde heute wie auf Wolken in die Höhle des Jesuskindes hinuntersteigen! Und werde mir dabei vorkommen wie einer der alten Kreuzritter!“

„Diese blutrünstigen Kerle sollten Sie hier nicht zu oft erwähnen. Die haben alles kurz und klein geschlagen.“

„Und etwas anderes möchte ich Ihnen auch gleich sagen: Ich werde nach der Mette mit Arafat und seiner Familie privat zusammen sein. Ja, da staunen Sie. Auch darauf freue ich mich außerordentlich. Ich bewundere ihn nämlich. Der Mann hat über hundert Attentate überlebt … Woran arbeiten Sie gerade?“

„An einem Bericht für den sechsten Januar. Thema: Wer sind heute die Heiligen drei Könige in Betlehem?“

„Na, und wer sind sie?“

„Die Touristen, denk ich.“

„Ach, gibt es da keine poetischere Idee?“

„Ich könnte auch einen Bericht darüber machen, dass Jesus gar nicht aus Nazareth ist.“

„Ach, nee, bloß das nicht“, sagt der Chef, weil er den Weihnachtsfrieden seiner Zuschauer keinesfalls gefährden will, und seine Brillengläser blitzen dabei genauso unangenehm scharf wie seine Krawattennadel und der Diamant am Ringfinger.

Nadja schweigt. Sie weiß, wenn ihr bärtiger Bayer anfängt zu berlinern, gibt es gleich Krach.

„Aber Sie sind doch, bitte, heute mit Ihrem Team in der Heiligen Mette, oder?“

„Ja. Wir machen Aufnahmen für unseren Bericht.“

„Gut, gut. Ich werde mir erlauben, Sie und das Team dem Vorsitzenden vorzustellen. Und aus dem Material machen Sie dann was speziell Nettes, Festliches, Positives, ja?“

Nadja zögert, was ihr Chef aber nicht recht wahrnimmt.

„Also gut“, sagt er, „dann haben wir uns ja verstanden. Greifen Sie zu, Kind, wer weiß, wann wir heute wieder dazu kommen … Gibt es sonst was Interessantes hier in dem Wüstenland?“

„Zwei Deutsche hat man in Verdacht, Drogen geschmuggelt zu haben.“

„Ach, nee, nicht schon wieder Drogen. Das schmuggeln heutzutage doch alle überall. Das interessiert keine Sau. Täglich finden unsere Spürhunde im Hamburger Hafen kiloweise Heroin. Sie müssen Sachen berichten, die nur hier passieren. Solche Figuren wie diesen Arafat wollen die Leute sehen. Der gibt optisch was her. Bilder brauchen wir, Kindchen, Bilder, keine Prozentzahlen von armseligen, drogensüchtigen Kindern in Gaza … Und was gibt es sonst?"

„Ein jüdischer Antiquitätenhändler ist ermordet worden. Möglicherweise von einer christlichen Palästinensergruppe."

„Ach, nee, das ist doch wieder nichts. Religiös motivierte Morde kommen nie an." Nadjas Chef schaut sie unglücklich an.

„Diese Gruppe hat aber Verbindungen nach Deutschland."

„Nach München?"

Nadja nickt. Das ist zwar gelogen, aber sie hasst es, von diesem Quotenfritzen ständig wie ein Schulkind behandelt zu werden.

„Na, dann bleib dran, Mädchen. Aber vorsichtig. Wenn da was mit unserer Politik ist … Dass mir da nichts passiert. Ruf mich an, wenn du was erfährst, was für uns wichtig sein könnte. Na, du weißt schon. Meine Sekretärin weiß immer, wo ich bin. Da darf nichts ungeprüft auf Sendung gehen. Heuer ist Wahljahr, Mädchen, da haben wir schon Zoff genug mit dem Vatikan. Wenn da noch ein paar von unseren Politikern was Antisemitisches am Hut haben, ist alles am Dampfen."

Überraschend alert steht ihr Chef auf, und Nadja traut ihren Augen nicht, aber in dem Moment kommt doch tatsächlich der Totenvogel Forestier nicht nur in den Frühstücksraum, sondern direkt an den Tisch ihres Chefs, der ihn so herzlich begrüßt, dass man meinen könnte, er möchte ihn am liebsten dreimal umarmen.

Nadja nickt kurz, gibt dem Aasgeier und heimlichen Exliebhaber des ermordeten Maurice Haussman aber nur zögernd die Hand, was der auch sofort bemerkt, diese zarte Kriegserklärung mit schnell niedergeschlagenen Augen jedoch dezent übergeht.

„Freut mich, dass wir uns so schnell wieder sehen", sagt er nur, schaut sie kurz noch einmal an mit seinen grauen Augen, dreht sich dann aber schnell zu ihrem Chef.

„Frau Assad ist die intelligenteste Auslandskorrespondentin in diesem Land. Ihre Berichte sind vorbildlich ausgewogen. Wir sind alle begeistert."

„Das hört man gern", sagt ihr Chef und tätschelt, was er noch nie getan hat, Nadjas Arm. „Herr Forestier bringt mich nach Betlehem. Er hat den Besuch arrangiert ... Ja, Frau Assad kommt mit ... Zufällig arbeitet sie mit ihrem Team an einer Geschichte für den sechsten Januar. Und übrigens auch an einer Geschichte über den Mord an diesem jüdischen Antiquitätenhändler. Der soll ja gewisse Verbindungen gehabt haben nach Deutschland. Das ist doch hochinteressant, was?"

„Ah, ja?"

„Ist auch Ihnen da etwas untergekommen?"

„Mir ...?"

Forestier fragt das sehr gedehnt und antwortet dann sehr bedächtig. „Die ist für die Leute hier sicher nicht uninteressant, diese Geschichte, man wird dabei nur leider einige Leute erwähnen müssen, die nicht erwähnt werden wollen. Die man aber in diesem Land leider immer wieder braucht. Auch in Zukunft. Zweifellos. Ja, in dieser Geschichte gibt es eher unangenehme Zwischentöne. Und das, wo das Ganze nichts ist als eine etwas anrüchige Halbweltgeschichte. Man soll das in diesen aufgeklärten Zeiten ja nicht zu kritisch sagen, aber dieser Herr – war eine Dame … Ja, das alles ist leider etwas schmuddelig."

Aha, denkt Nadja, du warst jahrelang und gut bezahlt sein Spielgefährte, aber jetzt ist er tot, und schon suchst du dir einen Neuen.

„Ah, ja? Na, dann lassen wir das vorläufig, Frau Assad, nicht wahr", sagt ihr Chef gnädig, lässt sich vom arabischen Kellner in seinen schwarzen Armanimantel helfen, setzt die dunkle Sonnenbrille auf, geht an dem orientalischen Frühstücksbuffet vorbei, das mitten im Raum auf einem teppichbehangenen Rondeau rund um eine mächtige Kupferkanne aufgebaut worden ist, nimmt sich noch eine Dattel und verlässt mit dem Totenvogel an seiner Seite den voll besetzten Saal.

In dem alle den beiden nachschauen, weil besonders ihr Chef ständig so laut geredet hat, als wäre er hier zu Hause.

Nadja gefällt die innige Vertrautheit der beiden gar nicht.

14

Eine gute Stunde später ist Nadja mit ihrem Kameramann und Josef Mitterauer im Ruinenfeld von Qumran. Hier liegt zwar kein Schnee, aber der Blick zum Toten Meer hinunter ist von einem fantastisch ungewohnten Blaugrau. Die Landschaft wirkt im Zwielicht wie überbelichtet, und Nadja fragt vor laufender Kamera, nach einem kurzen, bewundernden Rundblick, scheinbar völlig harmlos, was denn nun gar so interessant sei an diesem optisch zweifellos unvergleichlichen Ruinenfeld?

„Hier lebten vor und nach Christi Geburt die Essener. In einer Art Kloster. Eine jüdische Sekte, deren Mitglieder streng nach den zehn mosaischen Geboten gelebt haben. Aus Angst vor den Überfällen der Römer haben diese Leute ihr Archiv aber eines Tages in Tonkrüge verpackt und in den nahe gelegenen Höhlen versteckt. Gerade noch rechtzeitig. Bevor die römischen Soldaten das Klosterdorf zerstört haben. Über achthundert Krüge hat man vor fünfzig Jahren gefunden. Abschriften aus dem Alten Testament, Psalmen und Hymnen, aber auch unbekannte Texte über das Leben dieser Gemeinde. Und das Überraschendste ist: Diese Leute waren noch keine Christen, aber sie haben nicht nur die Taufe zelebriert, sondern jeden Tag auch ein gemeinsames Abendmahl mit Brot und Wein. Außerdem hat man einem zwölfköpfigen Rat gehorcht. Wer muss da nicht an die zwölf Apostel denken? Ja, man hat in diesen Mauern hier offenbar besonders sehnsüchtig auf das Erscheinen des Messias gewartet, auf den Befreier von den Römern, der ist nur leider nicht und nicht gekommen … Ja, die Schriften dieser Qumran-Gemeinde und die Schriften der jüdisch-christlichen Urgemeinde haben erstaunlich viele Ideen, Prinzipien und Begriffe gemeinsam."

„Zum Beispiel?"

„Selig sind die Sanftmütigen. Selig sind die Armen im Geiste. Seid vollkommen, wie euer Vater im Himmel vollkommen ist. Der Stein, den die Bauleute weggeworfen haben, ist zum Eckstein geworden …"

„Das klingt tatsächlich, als habe Jesus das gesagt."

„Und das Allerverblüffendste ist: Die ganze unendlich weite antike Welt hat nach dem Mondkalender gelebt, einzig die Gemeindemitglieder von Qumran und Jesus und seine Jünger haben nach dem Sonnenkalender gelebt."

„Und das stört den Vatikan?"

„Ja, natürlich! Rom hat die Lehre Christi doch bisher als etwas Einzigartiges gesehen, und plötzlich steht das alles schon in den alten Pergamenten, die in irgendwelchen Tonkrügen in diesen Höhlen da drüben, also mitten in der judäischen Wüste gefunden worden sind."

Nadja versucht, eine Brücke zu Maurice Haussman zu finden, und fragt schnell: „Gab es da auch – Steinigungen?"

Josef Mitterauer wiegt seinen blonden Lockenkopf. Die Pause wird so lang, dass der Kameramann abschaltet.

Merkt Josef, was Nadja von ihm will? Dass sie von ihm wissen will, warum er in En Kerem ausgerechnet an dem Tag, an dem man einen seiner Arbeitgeber erschlagen auf dem Boden inmitten von lauter antiken Steinen gefunden hat, ständig von irgendwelchen Steinigungen geredet hat?

Josef schaut ihr in die Augen.

„In diesem Land", sagt er, „fliegen immer irgendwo Steine. Und nicht nur viele Juden wollen alle Nichtjuden aus dem Land treiben, mit der wütenden Behauptung, dieses Land sei ihnen von Gott versprochen worden, auch für viele Palästinenser sind wiederum die Juden die Usurpatoren des Landes!

Die man so schnell wie möglich ins Meer jagen sollte."

„Gibt es bei den Moslems ein Gesetz, das vorschreibt, dass man Verräter steinigen muss? Solche – wie Maurice Haussman?"

Wieder wiegt Josef den Kopf.

„Und haben die Motorradfahrer Ihnen deswegen ins Gesicht geschlagen, weil man auch Sie für einen Verräter hält? Was wissen Sie von Maurice Haussman? Waren Sie dabei?"

„Wie hätt ich können? Ich war die ganze Nacht in einem bestimmten Zimmer. Im Hospiz."

„Bei Michi? Gut. Aber davor? Da waren Sie doch bei Maurice Haussman?"

„Kurz. Ja. Er war mir Geld schuldig."

„Und wer war noch bei ihm?"

Josef zögert.

„Ich kann Ihnen nur helfen", sagt Nadja, „wenn Sie sich von mir helfen lassen wollen."

„Ich weiß", sagt er, dreht sich um und geht wortlos zum Auto.

15

Dass ihr Kameramann, der sie chauffiert, nach all den Jahrzehnten in Israel nicht mehr sehr gut Deutsch versteht, gibt der Unterhaltung von Nadja und Josef auf der Heimfahrt von Qumran nach Jerusalem eine unerwartete Intimität. Sie hat sich zu ihm auf den Rücksitz gesetzt und ihn sofort gefragt, ob er verrückt sei, dass er so leichtsinnig riskiere, hier in einem fremden Land festgenommen zu werden. Wegen dieser ‚dummen Münzen'. Wo doch garantiert keiner ihm helfen werde. In diesem Land, das praktisch im Krieg sei.

Bei so viel Geld müsse man schon etwas riskieren, lächelt Josef. Ja, er habe früh die Eltern verloren, sei in einem Heim aufgewachsen, habe angefangen, Theologie zu studieren, nein, nicht weil er Priester habe werden wollen, ihn habe vor allem dieses Heilige Land hier interessiert …

„Fantasieren Sie sich da nicht schon wieder was zusammen?"

„Naja", lacht er, „manchmal rede ich schon wie in Trance. Aber eigentlich meinte ich jetzt nur, ich liebe mein Leben, aber ich riskier auch was dafür. Aber wenn ich etwas gar nicht mag, ist es Ihr kleinbürgerliches Getue … Gerade, weil ich weiß, andere wagen sich das nicht einmal vorzustellen, was ich jeden Tag treibe, hab ich dieses enorme Vergnügen an meinen, wie Sie höflich sagen würden, mutwilligen, selbstzerstörerischen Unternehmungen."

„Sie meinen, Sie können sich das wirklich leisten? Eine Nacht mit Frau Lewinsky und in der nächsten Nacht mit dieser Michi ins Bett zu gehen?"

„Meinen Sie das finanziell oder moralisch …? Schauen Sie nicht so streng. Sie müssen keine Angst um mich haben. Meine Abenteuerfahrten zu den Fellachen sind nicht wirklich mörderisch, und die Nähe zu jeweils mehreren Frauen in ein und derselben Woche, wenn ich mit einer Reisegruppe unterwegs bin, ist es auch nicht. Ja, ich kann mir das leisten. Auch kontomäßig. Ich weiß natürlich, dass selbstverständlich niemand außer mir auf die Idee kommt, einfach Münzen mitzunehmen. Die an sich tatsächlich viel zu schön sind für dieses Nazarether Pilgermuseum, das müssen Sie zugeben … Aber wenn Sie nicht gewesen wären, mit Ihrer provinziellen Rigidität, wären diese Münzen“, behauptet er spielerisch lächelnd und fährt sich mit einer Hand locker durch seine blonde Mähne, „seit Tagen auf dem Weg in den Louvre, ins Metropolitan oder zu Tiffany's. Und hunderttausend amerikanische Juden würden diese Wunderstücke endlich wirklich bestaunen können, nicht nur die Handvoll von müden, christlichen Pilgern in dieser hässlichen Verkündigungskirche. In der, meiner Meinung nach, vor allem verkündet wird, dass es keine zeitgenössische, christliche Kunst mehr gibt. Nein, ich habe wirklich, abgesehen von Ihrem Auftauchen, keinerlei Risiko dabei gesehen. Ich habe dort ordnungsgemäß im Tausch zwei Allerweltsmünzen hinterlegt, und kein katholisches Touristenschaf wird je den Unterschied erkennen. Ja, ich weiß, Sie halten das für verrückt, aber mich unterhalten diese Dinge. Da merk ich wenigstens, dass ich lebe. Wer weiß, wie lange noch. Sie müssen die Geschichten mit meiner Optik sehen. In Ihren Augen ist das verrückt, dass man jede Nacht einer anderen Frau in einer Reisegruppe etwas bieten will, ja, aber erstens, sagt der Präsident der Vereinigten Staaten von Amerika, ist Oralsex ohnedies kein Sex, und zweitens reizt so eine Situation ungemein. Dass man jeden Tag, an dem die Sonne scheint, bewusst zu allen Frauen gleich nett sein muss, in der Nacht aber, wenn der Mond aufgeht, gibt es eben Variationen … Glauben Sie mir, das ist ein schönes, unterhaltsames Gesellschaftsspiel, bei dem kaum eine, die auch nur ein bisschen dazu neigt, nicht mitspielt … Denn darüber müssen wir nicht verschiedener Meinung sein, dass solche intensiven Reisen wie unsere immer Gemeinschaftsgefühle erzeugen. Aber auch immer Gefühle auf Abruf. Ein Reiseführer ist wie ein Schilehrer, der die paar Tage, an denen sich eine Gruppe ihm anvertraut, ein kleiner Alleinherrscher ist. Er weiß in seinem Fachgebiet, das ja auch alle anderen wenigstens in dieser kurzen Zeit des zusammen Reisens tatsächlich interessiert, zwangsläufig mehr als seine Gruppenmitglieder, entscheidet alles für alle, was selbstverständlich immer spezielle, kleine Gunstbeweise ermöglicht ... Aber Sie wissen das, wie ich annehme, ohnedies alles besser als ich."

Nadja muss lachen. Sie könne ja verstehen, dass man sich bei jeder Reise eine Lieblingsfrau suche, mit der man sich, wenn es sehr schön gewesen ist, auch nach dem Rückflug noch trifft, aber das von Josef betriebene Mit-allen-und-sofort-System gefalle ihr wirklich gar nicht.

„Ich bin eben grundsätzlich anders erzogen worden als Sie", sagt er vorsichtig. „Von ganz anderen Menschen. Da ich meinen Vater nicht gekannt habe, übrigens nur von Frauen. Von Frauen allerdings, die Ihnen nicht unähnlich gewesen sind ... Ja, ich muss offen zugeben, mir hat dieses Spiel zwischen Männern und Frauen nicht nur von Anfang an Freude gemacht, mich interessiert es immer noch. Ich gehöre nicht zu diesen Allerweltstypen, die warten und warten und immer zu kurz kommen. Ich werfe meinen Einsatz auf den Tisch und bekomme fast immer sehr schnell eine Antwort. Auch bei Ihnen mach ich das ja so. Weil ich annehme, dass auch Sie irgendwann mitspielen wollen. Im Moment schauen Sie mich zwar skeptisch an, aber irgendeinmal werden Sie sich schon noch für etwas interessieren, was ich jetzt im Moment umschreiben möchte mit ..."

Nadja muss lächeln, weil Josef tatsächlich erreicht hat, dass sein Leben ihr wie ein Film vorkommt.

Und dieses Kinogefühl wird plötzlich sogar reale Gegenwart, denn im Hospiz warten in den altmodisch tiefen Fauteuils unter dem präraffaelitischen Christus-und-die-Jünger-in-Emmaus-Bild zwei Männer mit Sonnenbrillen in unauffälligem Zivil, die aussehen, sagt sie leise, als habe Antonioni zwei Drogenfahnder hier hingesetzt.

„Ich finde, die sehen eher aus“, antwortet Josef und versucht, etwas schneller zu gehen, „wie Beamte der Interpol in den Tatortfilmen der ARD.“

Da die beiden wie verabredet langsam, aber unübersehbar gemeinsam aufstehen, bleibt Josef nach kurzem Zögern ebenso langsam stehen.

16

Die beiden Männer, deren Pistolen in den Lederhalftern gut sichtbar sind, kommen schnell näher, und der kleine Bäuerliche sagt, ob man mit Josef Mitterauer spreche, und der Größere, etwas Elegantere fragt, ob Josef einen Menschen namens Abdullah Husseini kenne?

Nein, kenne er nicht.

Nadja ist verblüfft. Da ist also dieser Name wieder ... Abdullah Husseini! Die Israelis suchen also schon ganz offiziell diesen Straßburger aus Jericho, der gerade mit ihrem Chef zu Arafat unterwegs ist.

Man sei vom staatlichen Drogendepartment, sagt der Vierschrötige.

Das habe er schon gedacht, sagt Josef.

Der Schmale nimmt die Sonnenbrille ab. Er hat dunkle, mandelförmige Augen, denkt Nadja.

„Und um das gleich klarzustellen“, sagt er, „bei diesem Abdullah Husseini ist ein Sack Stoff gefunden worden. Hier schräg gegenüber. In der schmalen Gasse zum Schuk hinauf. In der Et-Tuteh. Im zweiten Haus links. Auf das jemand den Felsendom und die Kabbah von Mekka gesprayt hat. Wenn also dieser Abdullah Husseini auftauchen sollte, rufen Sie, bitte, sofort an.“

Der Elegantere gibt Nadja und Josef je eine Karte mit einer Telefonnummer und sagt leise, auf einem zusammengeknüllten Zettel habe man dort nicht nur das Wort ‚Josef‘ gefunden, sondern auch die Telefonnummer von diesem Hospiz. Seit wann er, Josef, denn hier wohne?

Seit letztem Sonntag.

Und wann fliege er wieder?

Am kommenden.

Aha, sagt der Kleinere, während er sich alles aufschreibt.

Der Elegante fragt Nadja, ob sie denn auch zu dieser Pilgergruppe gehöre?

Sie erklärt sofort, sie sei Journalistin und mache nur einen Bericht über die Gruppe, betont aber sofort, dass sie in ihrem Leben noch nie etwas mit Drogen zu tun gehabt habe, ja, sie habe nicht einmal Geschichten aus dieser Szene recherchiert.

Dass sie diesen Abdullah Husseini allerdings sehr wohl kennt, sagt sie nicht. Auch nicht, was sie von Josef weiß. Das muss sie erst alles mit Uri besprechen. Vielleicht stimmt ja vieles nicht, was sie sich so zusammenreimt …

Sie antwortet keineswegs unfreundlich abweisend, im Gegenteil, sie ist ja eigentlich immer und prinzipiell der Meinung, dass man die Polizei, speziell die Drogenfahnder, bei ihrer Arbeit unbedingt unterstützen muss.

Unabhängig davon gefällt ihr aber auch der Typ ganz gut. In seiner lässigen und doch präzisen Zurückhaltung. Sie wirft einen Blick auf die Visitkarte. Rafi Israeli heißt er … Er sieht aus, als wär er aus Marokko.

Der Typ spürt ihr Interesse und lächelt ebenfalls. Das Ungewöhnliche bei dem Fall sei, erklärt er ihr langsam und in einem noch etwas weicheren Ton, sie hätten wegen dieses Abdullah Husseini auch noch eine zweite Meldung bekommen. Ebenfalls anonym. Dass dieser Mann Mitglied einer gewissen Organisation sei … Er sei ursprünglich aus Straßburg, habe sich aber offenbar in Wien von Schiiten anwerben lassen, sei in der Bekaa-Ebene im Libanon an Sprengstoff ausgebildet worden und jetzt hier, um Orte auszukundschaften, wo er und andere Euro-Terroristen ihre Anschläge am effektvollsten durchführen könnten, und – Rafi Israeli schaut auf seinen Zettel – der Passagier Josef Mitterauer sei doch auch aus Wien, oder?

Ja, sagt Josef, er sei aus Wien, aber er sei hier als Reiseführer von STUDIOSUS tätig, einer sehr geachteten, deutschen Firma, und habe mit irgendwelchen Schiiten gar nichts zu tun.

Rafi Israeli nickt.

Und er habe auch wirklich nie etwas mit irgendwelchen Terroristen zu tun gehabt, beteuert Josef.

Rafi Israeli sagt nachdenklich, er glaube das alles, man habe nur leider den Hinweis, dass dieser Abdullah Husseini sich ausgerechnet in Wien in der ‚Moschee an der Donau' herumgetrieben habe. Diese Moschee kenne Josef doch, oder?

Ja, natürlich. Vom Vorbeifahren auf der Uferschnellstraße. Weder jedoch sei er je in der Moschee gewesen noch kenne er jemanden dort. Das sei zweifellos alles nur ein unglücklicher Zufall. Dieser Zettel mit seinem Namen und die Nummer von hier. Er sei damit garantiert nicht gemeint. Das könne nur eine Art von kindischem Dummerjungenstreich sein. Von jemandem. Es werde garantiert noch einen anderen Josef geben. Hier.

Naja, denkt Nadja, die Dummenjungenstreiche häufen sich aber in deiner Umgebung.

„Einen anderen! Verstehen Sie?"

Die zwei Fahnder nicken.

Der Bäuerliche schließt sorgfältig sein Notizbuch und … Vielleicht gebe es ja wirklich mehrere Personen mit dem Namen Josef in diesem Haus, sagt Rafi Israeli zu Josef Mitterauer, lächelt dabei aber Nadja an.

Er sieht mit den langen Wimpern über seinen braunen Mandelaugen aus wie ein marokkanischer Wüstenprinz, denkt sie. Einer, der sich wegen irgendeiner großartigen, aber sehr unglücklichen Liebesgeschichte bis hierher nach Jerusalem verlaufen hat.

Ob sie noch etwas Zeit habe? Er müsse sie gleich noch etwas anderes fragen, sagt Rafi Israeli leise und lächelt dabei so zurückhaltend, als wäre das jetzt tatsächlich eine erotische Anspielung, verbeugt sich leicht und geht zur Stiege, während der andere Drogenfahnder sich stumm an die Stirn tippt und an der Pforte vorbei zum Haustor geht.

Kaum sind die beiden weg, fällt Nadja auf, dass Josef von dem Zwischenfall mit den Motorrädern kein Wort gesagt hat. Er hat auch den Verdacht nicht erwähnt, dass diese jungen Araber sehr wahrscheinlich etwas mit dem Haussman-Mord zu tun haben. Er scheint tatsächlich niemandem hier mehr auffallen zu wollen. Er will wohl wirklich nur noch nach Hause. Blass, wie er ist. Und voll von Angst …

Leise sagt er ihr, während er sich mit einer Hand die Stirn reibt, es sei lächerlich, aber jetzt habe er wirklich zum ersten Mal Angst.

Ah, ja? Und wovor? Genau?

Nadja fragt das recht kühl und ruhig, trotzdem antwortet er nicht … Warum sagt er nichts? Ist die Telefonnummer, die diese Drogenfahnder gefunden haben, doch seine? Wer sonst noch könnte hier i n dem Hospiz Josef heißen …? Andererseits: Professor Guggi heißt Sepp. Und Sepp ist eine Kurzform von Josef, nein? Das wäre der einzig andere Josef in diesem Haus, den sie kennt, aber sie kann einfach nicht glauben, dass dieser Professor … Aber sie muss auch mit ihm darüber reden. Sofort, wenn sie aus Betlehem wieder da ist, wird sie ihn fragen.

Josef berührt ihren Arm. „Lewinsky heißt Joseph. Franz Joseph. Aber wenn der diesen Abdullah Husseini kennt, heißt das für mich …"

„Was?"

„Ich hab das unangenehme Gefühl, das Netz wird enger. Ich spür es schon. Da am Hals."

„Warum haben Sie denn aber dann den beiden nicht alles gesagt?"

Josef sagt sehr schnell: „Den beiden? Die halten doch das Netz in der Hand."

Er schaut ihr schnell in die Augen, dann verschwindet er abrupt, da er Rafi Israeli zurückkommen sieht.

17 Rafi Israeli bittet Nadja mitzukommen, und sie tut das auch, weil sie im ersten Moment denkt, er wird ihr sicher etwas sagen wollen, was er ihr vor den anderen nicht hat sagen können, im Lift fällt ihm jedoch absolut gar nichts ein, im dritten Stock sperrt er auch erst einmal langatmig mit dem Generalschlüssel des Rektors, wie er sagt, das Lewinsky-Zimmer auf, und erst hier, nachdem er die Türe von innen sorgsam wieder versperrt hat, bittet er Nadja, ihm alles zu erzählen, was sie von Lewinsky wisse.

Er selber, sagt er, kenne den Mann schon von mehreren Aufenthalten hier, habe immer Sauereien vermutet, aber ihm nie welche nachweisen können. Diesmal jedoch werde man etwas finden, vermutet er und fängt an, Drogenverstecke zu suchen …

Nadja schaut ihm ruhig dabei zu. Seine Fragen, die er immer wie nebenbei stellt, hat er gut vorbereitet, und da sie über Lewinsky in den letzten Tagen viel nachgedacht hat, kann sie einiges erzählen, und dabei denkt sie, dass sie diesen Menschen da wirklich nicht unsympathisch findet. Seine Sonnenbrillen sind zwar etwas affig hier im Zimmer, und auf das auffällig herumbaumelnde Männlichkeitssymbol Schießeisen könnte sie auch verzichten, aber beides gehört offenbar zum berufsspezifischen Outfit. Je länger sie jedenfalls zusammen in dem winzigen Zimmer sind, desto stärker fällt ihr auf, dass der Mann ihr nicht nur nicht zuhört, sondern sie vor allem recht unverschämt taxiert. Dass er ihre Beine so ungeniert anschaut, macht sie zwar nicht wirklich unsicher, aber dass hier allmählich etwas in der Luft liegt, was nicht unbedingt nur mit der Drogenfahndung zu tun hat, wird ihr immer klarer.

Sie taxiert ihn mittlerweile ebenso direkt wie er sie, und findet, er sieht älter aus, als er ist. Und er ist wahrscheinlich gar nicht so forsch, wie er tut. Der hat in seinem Job garantiert schon Hunderte widerliche, aber ebenso armselige Sachen erlebt, und all das wird so einer, auch wenn er ihr gegenüber den harten Burschen spielt, wohl nie mehr los.

Während Rafi Israeli bei seiner Suchexpedition auf das Fußende des Bettes steigt, um Nadja in dem engen Raum während des Sichvorbeidrängens nicht berühren zu müssen, gerät er einen Moment ins Schwanken und hält sich an ihr fest, nur einen Augenblick länger als er müsste, aber schon wird ihr schwindlig, sie kann sich gerade noch von ihm lösen, geht zum Fenster und lehnt sich weit hinaus.

Eine Zigarette könnte sie jetzt retten. Sie bittet um eine. Obwohl sie weiß, dass sie nicht rauchen soll und selbstverständlich sofort weggehen müsste von da, hinuntergehen zum Bus, wo die andern sich sammeln, kurz, sie weiß, sie muss weg, aber sie weiß auch, sie will eigentlich nicht, im Gegenteil, sie will, dass dieser Mann sie angreift wie vorhin im Lift, wo er scheinbar zufällig ihre Hüfte berührt hat, unter dem absurden Vorwand, ausgerechnet da sei der Liftknopf, ja, sie will jetzt unbedingt, dass er sich an sie lehnt, während er ihr Feuer gibt, nur deswegen lehnt sie sich so weit aus dem Fenster, damit er sich an sie lehnen muss, wenn er ihr Feuer geben will, denn sie will ihn jetzt spüren, obwohl sie weiß, dass das nicht geht, aber sie weiß auch, dass sie immer das bekommt, was sie will.

Zumindest früher war das so …

Unter dem Zigarettenvorwand hat sie ihn fordernd zu sich gerufen, aber nun dreht sie sich erst in dem Moment um, in dem sie seine Hand tatsächlich auf ihrer Hüfte spürt, und erst jetzt, merkt sie, hört sie auch auf, über diesen lächerlichen Lewinsky zu reden, und im Nu werden aus der kleinen Flamme des Zündholzes brennende Wälder, aufschießende Feuerdrachen, weiß glühende Funken in ihrem Körper, die nicht verlöschen, obwohl dieser Mensch das Zündholz schnell wieder ausgeblasen hat ... Und langsam nimmt er ihr Gesicht in seine Hände, küsst ihre Augen, holt ihre Bluse aus dem Gürtel, während sie ihm sein Hemd auszieht, und ebenso besitzergreifend, wie er sie angreift, greift sie ihn an, so wie er ihre Schulter streichelt, streichelt sie seine, wie er ihren Bauch küsst, küsst sie seinen, während er mit zarten Händen erkennt, dass sie offenbar schwanger ist, und sie mit eben diesen, sichtlich auch zum Zupacken fähigen Händen aufs Bett trägt ... Fest schließt sie die Arme um seinen Hals, als fürchte sie, zu ertrinken, obwohl sie weiß, sie wird gerade gerettet, und träge lässt sie sich auf dem Bett umdrehen, weil sie spürt, sie will diesen Menschen jetzt ohnedies nicht anschauen, er ist ja kein bestimmter Mann für sie, nur einer, der nicht viel redet, der bei aller Zärtlichkeit das Bett aber doch gehörig zum Ächzen bringen wird ...

Einen Moment lang fürchtet sie, dass die christkatholische Liegestatt einstürzt, aber sie lässt allem seinen Lauf, sie hat keine Angst, kein schlechtes Gewissen, sie hat keine Wahl mehr zwischen dem sanften, lang andauernden, günterschen Glück und diesem eruptiv kreatürlich momentanen, sie ist im Jetzt, sie ist hier und nur hier und erst später irgendeinmal wird sie vielleicht versuchen, alles auf die Reihe zu bringen, jetzt lässt sie sich von diesem

Feuer fressen, atemlos und unfähig, auch nur einen Buchstaben einer Erklärung zu finden, wie und wo ein Weg zurück möglich ist, während sie sich endgültig auflöst in tausend orangefarbene, gelbe und rotgoldene Sonnen ... Sie weiß nur noch, sie wird ihm danach kein Wort mehr sagen, ihn nie mehr küssen, sie hat keine Lippen und keine Zunge, sie ist in einem Rausch, der alles auslöscht, was gewesen ist und sein wird, ihre Lust schwemmt alles fort, ihr Selbstbewusstsein, ihr Bewusstsein, ihr Sein, alles ist nur noch der Anfang und das Ende von allem ... Und erst nach langen Minuten sagt sie, dass sie verheiratet ist, und wartet mit dieser offenen Wunde auf sein Urteil, aber nur ein Schwall neuer Liebkosungen, eine Flut zärtlicher Worte überschwemmt sie, und tief atmet sie das alles ein, während sie immer noch nicht aufwachen will, und allein nur das langsame, allmähliche Nachzittern ihrer Nerven, der heftige Wechsel von Glut und Kälte auf ihrer Haut lässt sie spüren, dass sie auftaucht ... Dieser schnelle Temperaturwechsel auf ihren Schultern beweist ihr ernüchternd, dass ihre zarte, weiche, glatte Haut, die sie so liebt, nicht nur die durchlässige Membran ist, die sie in den letzten Minuten gewesen ist, sondern auch eine Begrenzung, etwas, das sie jetzt allmählich wieder abtrennt von allem anderen, und in diesem Schmerz der Trennung dreht sie sich um und umarmt diesen anderen Körper noch einmal heftig in einer letzten, sich aufbauschenden Welle von Dankbarkeit, ja, sie hört jetzt sogar, wenn auch von weit weg, wie er sagt, sie möge doch seinen Namen Rafi weitergeben ... Da küsst sie ihn und lächelt zärtlich: „Aber das geht nicht, es ist doch ein Mädchen."

18

Die Gruppe wartet im Bus. Niemand scheint von dem Drogenverhör im Foyer und all dem, was danach passiert ist, etwas mitbekommen zu haben. Nicht einmal Michi Spielvogel, die immer schaut, wo wer ist und warum wer grad nicht kommt.

Nadja sieht alle einzeln an, aber niemand scheint sie vermisst zu haben. Nicht einmal Josef, der verantwortliche Blondschopf, der etwas abseits der anderen mit Lewinsky flüstert.

Nadja ist erstaunt. Das tun die beiden sonst nie. Öffentlich. Reden die doch von den Fahndern …? Oder ist noch etwas passiert? In der Zwischenzeit.

Die Gespräche der anderen, die sie mit einem Ohr mithört, handeln allerdings ausschließlich vom ganz realen Schnee auf den Straßen. Fast alle haben ihre Fotoapparate in der Hand und lächeln mit rot gefrorenen Wangen.

Ihr Kameramann kommt auf sie zu. Heiter deutet er auf seine drei Apparate, die er heute umgehängt hat. Der beste Fototag des Jahres, sagt er und deutet hinaus. Alle Wolken weg. Aber wegen der voraussehbaren Straßenrutschverhältnisse in Betlehem fahre auch er lieber mit dem Bus. Sie habe doch nichts dagegen, dass er mit der Gruppe fahre, oder?

Natürlich nicht, deutet Nadja, und nach wenigen Minuten ist man, da heute außer dem Bus kaum Autos auf der neuen Siedlerstraße nach Süden fahren, schon beim ersten Etappenziel. Ohne eine einzige Polizeikontrolle der Palästinenser.

Abrupt hält der Bus in freier Landschaft. Zwischen zwei im Sonnenlicht glitzernden Ölbäumen. Alle Fotoapparate klicken. Der weiße, körnige Schnee auf dem so genannten Feld der Hirten gibt dem Land einen speziellen Weihnachtszauber. Die weiten Winterfelder glitzern überirdisch silbern und hell.

Der Tag habe etwas richtig Feiertägliches, sagt Frau Pempelfort aus Bonn. Ja, sie fühle das ganz stark, hier sei sie dem Himmel näher als überall sonst auf der Welt. Sie werde in der nächsten Woche am grauen Niederrhein noch lange an diesen strahlenden Tag auf diesen historischen Hirtenfeldern denken!

Josef lächelt höflich.

Nadja bewundert ihn, weil er sich nicht anmerken lässt, dass er eigentlich seit gestern auf der Flucht ist. Nur sie merkt, dass er sich immer wieder umschaut, ob nicht doch hinter ihm wer steht und ihn beobachtet. Er ist zwar hochnervös, schafft es aber trotzdem, alle bei Laune zu halten.

„Vor dieser Höhle soll allen Hirten der Engel des Herrn erschienen sein. Darum haben die Franziskaner auch diese pompöse Engelsfigur auf ihre Hirten-Kapelle gesetzt. Ja, mit so mächtigen Oberarmen und Schenkeln haben die sich ihre Himmelsflugwesen vorgestellt ... Nein, ich selbst glaube eher, diese Engel, von denen uns erzählt wird, waren nur Geistesblitze. Gedanken, die ihnen zugeflogen sind. Die Hirten hatten gehört, einem Mitglied ihrer Nazarener-Sekte sei ausgerechnet in der frostigsten Winternacht ein Kind geboren worden, also sind sie von hier, aus ihren Höhlen, zu diesem Neugeborenen nach Betlehem hinübergegangen und haben ihm Milch in die Geburtsgrotte gebracht, in der die Familie untergekommen war, und den Eltern Brot und Fleisch ... Ja, wie man sieht, kann es hier im Winter durchaus saukalt sein."

Er bleibt mitten in seiner Tirade stecken, weil er bemerkt, dass in der geräumigen Hirtenhöhle, vor die die Franziskaner ihre Kapelle gebaut haben, eine Gruppe von jungen Arabern auftaucht und ihn beobachtet.

„Die Araber nennen diese Gegend heute noch Schafstall", sagt er etwas unsicher. „Nach zweitausend Jahren. Obwohl hier, wie mir gesagt worden ist, schon seit Ewigkeiten keine Schafe mehr sind."

Schnell verlässt Josef Mitterauer die Höhle, draußen auf dem Feld – er schaut kurz zurück, ob ihm jemand aus der Höhle folgt – erzählt er seine Geschichten aber gleich wieder im heitersten Ton weiter, als müsse er sich selber Mut machen, wendet sich dann jedoch plötzlich direkt an Nadja und sagt leise, indem er sich die Stirn reibt, jetzt sehe er schon überall die Augen seiner Verfolger, und nervös zeigt er auf zwei Araber, die mit finsteren Blicken hinter dem Bus hervorkommen, als hätten sie dort gewartet auf ihn, sich aber entschieden, ihre Attacke zu verschieben, weil die STUDIOSUS-Gruppe ihnen doch zu groß ist.

„Wahrscheinlich waren nicht nur die Hirten, sondern auch die Weisen aus dem Morgenland Mitglieder dieser Nazarener-Sekte, von der ich Ihnen schon in Nazareth erzählt habe", sagt Josef und bemüht sich, seine wachsende Nervosität weiterhin wegzureden. „Die Begriffe ‚Hirten' und ‚Weise' sind zweifellos auch Synonyme für den Begriff ‚Bewahrer der Zehn Gebote'. Des ‚alten Glaubens' also …"

Während dieser Erklärungen bringt der Bus die Pilgergruppe vom Feld der Hirten in die Stadtmitte von Betlehem. Auf den Krippenplatz.

„Hier wird Betlehem übrigens überall ohne th geschrieben. Die Amerikaner schreiben Bethlehem mit th, die Juden aber hebräisch Bet Lehem ohne th. ‚Haus des Brotes' heißt das für sie. Die Araber schreiben Beit Lahm. ‚Haus des Fleisches' ... Ja, vor einigen Jahren lebten nur Christen hier", erklärt Josef, nachdem alle ausgestiegen sind. Vor dem in diesem Jahr besonders hässlichen Weihnachtsbaum aus Plastik.

„Die elektrischen Kerzen wird Suha, die Frau des Vorsitzenden Arafat, heute Abend selbst entzünden. Sie ist in jeder Weihnachtsnacht in Betlehem ... Dieser traurige Plastikbaum hier ist allerdings nicht ihre Idee. Der steht nur deswegen da, weil im Vorjahr Freunde in Oslo zwar eine echte Nordlandtanne nach Palästina geschickt haben, die israelischen Behörden die aber im Zoll vergammeln ließen. Heuer hat sich folglich kein Palästinenser mehr um eine internationale Baumspende bemüht", sagt Josef.

Die Gruppe verliert allmählich ihre weihnachtliche Heiterkeit, die vorhin auf dem Hirtenfeld noch so stark spürbar gewesen ist, denn hier in der Stadt sieht es eher trostlos aus. Alle früher einmal gerade in den Weihnachtstagen so überlaufenen Läden der Holzschnitzer, der Perlmuttkünstler und der Kunstschmiede, an denen die Gruppe vorbeigeht, sind in diesem Jahr finster und verschlossen. In dem einzigen Touristenladen, vor dem sie ein Händler anspricht, kaufen zwar einige stumm eine Kleinigkeit, aber die Stimmung wird dadurch nicht besser.

Josef sagt, ohne die Touristen sei die Stadt ohne Einkommen. Der neue Bürgermeister Nasser träume zwar immer noch nicht nur von einer touristenintensiven Städtefreundschaft mit dem Ort Christkindl in Oberösterreich, sondern vor allem von einer Tiefgarage auf dem Krippenplatz für Hunderte von Autos … Aber vorläufig seien von den sechstausend Fremdenzimmern erst ein paar hundert Zimmer fertig, und die seien leer. Die paar Touristen, die, wie sie selber, tagsüber von Jerusalem kämen, würden mit dem Bus abends wieder zurückfahren. Und nicht einmal etwas essen hier in Betlehem.

Nadja bleibt abrupt stehen. Ein Hund kommt ihnen entgegen … Was? Ist das nicht der Schäfer von Maurice Haussman?

Abu Khadr, der Araber mit dem Blindenstock, den Nadja mit dem Totenvogel im Schuk gesehen hat, hält den Schäfer an einer sehr kurzen Leine. Er lässt sich nichts anmerken, aber Nadja spürt, er hat sie genauso wieder erkannt wie sie ihn … Obwohl er doch blind ist, oder?

Alle gehen weiter, als wäre nichts geschehen. Auch Josef und Lewinsky. Mit einem merkbar vorsichtigeren Schritt allerdings. Vielleicht jedoch auch nur, weil es wieder angefangen hat zu schneien, und die Steine glatt sind … Kleine Flocken schweben wie in den ganz alten Märchen vom Himmel, und ein kleiner, weihnachtlicher Zauber fällt nun doch noch über die Geburtsstadt von Jesus wie ein hauchfeines Netz.

Die STUDIOSUS-Gruppe geht langsam über den schnell weißer werdenden Krippenplatz auf die mächtige Fassade der Geburtsbasilika zu. Wie eine uneinnehmbare Festung liegt der Bau vor ihnen. Unzählige Male umgebaut wirkt die Basilika auf dem hellen Schneeteppich absolut unzugänglicher. Als hätten die Gläubigen sie in all den Jahrhunderten rundum zugemauert.

Sogar das Haupttor ist so unscheinbar, dass man

es erst sieht, wenn man direkt davor steht. Und tief müssen sich alle bücken, denn der Eingang ist nicht nur schmal, sondern auch richtig unangenehm niedrig.

Damit kein Feind auf seinem Pferd in die Kirche hineinreiten könne, sagt Josef … Und ja, die andere Beobachtung sei auch richtig, in der heiligen Vorhalle, dem Narthex, rieche es verdammt nach Hühnerstall, weil da rechts hinter der verbarrikadierten Seitenpforte die armenischen Mönche ihre Klostertruthähne hätten.

Im Halbdunkel der Basilika sammelt sich die Gruppe wieder still und andächtig. Auf den großen, feuchtkalten Steinplatten, die seit über tausendfünfhundert Jahren hier liegen. Seit der Zeit, da die römischen Kaiser darauf verzichtet haben, die renitenten Christen im Circus Maximus in Rom regelmäßig zu rösten.

Es ist unangenehm kalt. Das Mittelschiff wirkt übarraschend leer. Es hat keine Stühle und Bänke. Ist nur Raum. Nichts stellt sich in den Weg, nichts lässt einen stolpern, eine kühle, aber großzügige, tolerant gewordene antike Weite glaubt Nadja zu spüren … Auch die Höhe beeindruckt. Der offene Dachstuhl ruht auf breiten, mosaikgeschmückten Seitenwänden, die, wenn man sie im Halbdunkel richtig zählt, von mehr als vierzig Säulen getragen werden … Der Eindruck ist gewaltig. Man hält den Atem an. In diesem geheimnisvoll dämmrigen, antiken, römischen Gottespalast.

Monolithsäulen aus rotem Kalkstein seien das, sagt Josef. Mit unterschiedlich gearbeiteten, korinthischen Kapitellen, die alle vergoldet gewesen seien. Darum sehe man auch heute noch im winterlichen

Dunkel da oben ein leichtes Glitzern ... Ein deutscher Pilger habe vor langer Zeit geschrieben, dieser mächtige Kirchenraum sei wie eine Scheune ohne Futter, eine Apotheke ohne Töpfe und eine Bibliothek ohne Bücher.

Jedenfalls ist das ein Wallfahrtsort ohne Touristen, denkt Nadja, aber das sind die Stätten der Christenheit im Heiligen Land in diesen Jahren ja alle.

Nachdenklich wird sie von einem griechisch-orthodoxen Mönch beobachtet, merkt sie, der auf einer schmalen Leiter steht und in dem abnehmenden Dezember-Gegenlicht hoch oben die hohen Fenster putzt.

An ihm vorbei geht eine kleine Pilgergruppe schwarzer Amerikaner, begleitet von dem geflüsterten Vortrag ihres hageren, weißhaarigen Pastors, und über die Stufen von der Geburtsgrotte herauf kommt ihnen eine einsame Nonne entgegen. Ohne aufzuschauen. Ganz in sich versunken.

Der löwenmähnige Josef Mitterauer führt seine STUDIOSUS-Gruppe rechts vom Chor durch ein marmornes Spitzbogenportal in die schmale, zwölf Meter lange und drei Meter breite Geburtsgrotte hinunter. Die Bronzetüren, sagt er, seien aus der Kreuzfahrerzeit.

Auch hier unten tritt man auf uralte Grabplatten ... Die enge Felshöhle ist kaum erleuchtet. Die zahllosen Ampeln zwischen den verschossenen, roten Vorhängen geben nur ein minimales Schummerlicht. Auch beim Geburtsaltar. In den Marmorboden ist ein Silberstern eingelassen mit der Aufschrift ‚Hic de Virgine Maria Jesus Christus natus est.'

„Der Stern ist klein, der Altar ist klein, die niedrige, feuchte Höhle ist klein, und doch hat die Geburt des Menschensohnes hier in diesem Loch wahrhaft gewaltige Folgen für die Welt gehabt", sagt Josef.

Während mehrere aus der Gruppe vor dem barocken, symbolischen Christuskind aus Holz niederknien, das man sonst hier nie sieht, das man aber heute, an seinem irgendwann in Rom plötzlich festgelegten Geburtstag, hier in der Krippe ausgestellt hat, sieht Nadja am hinteren Ende der Grotte wieder die Araber auftauchen. Fünf sind es diesmal. Sie kann sie zählen. Sie sehen aus wie Brüder, denkt sie, und ja, sie weiß, dass es dort hinten einen Durchgang in die anderen Höhlen gibt, in die Hieronymusgrotte, die Eusebiusgrotte und die Arkosolgräbergrotte, aber sie schlägt Josef doch schnell vor, nicht mehr dorthin zu gehen, überhaupt gar nicht mehr länger hier unten zu bleiben, sondern über die Treppe zurück nach oben zu gehen, oben sei es weniger eng, und außerdem, sagt sie leise, stünden da hinten nämlich wieder diese anderen.

19

Als sie wieder in der immer noch leeren Geburtsbasilika stehen, in der das Licht mittlerweile nur noch von ein paar Kerzen kommt, fragt Nadja Josef, ob er die Araber, die sie vorhin unten in der Geburtsgrotte gesehen habe, wieder erkennen würde? Und wenn es dieselben seien wie auf dem Motorrad und auf dem Feld der Hirten, ob er dann nicht doch die palästinensische Polizei verständigen wolle?

„Wen? Die palästinensische? Hier?"

Josef schüttelt den Kopf, schaut sich um, und da ihm niemand folgt, führt er seine Schafe wie vorgesehen, nach einem kräftigen Bakschisch für den Bruder Pförtner, durch die Räume des Armenischen Klosters, das noch zu Kaiser Konstantins Zeiten um 300 nach Christus an die Basilika angebaut worden ist. Auch in den Saal mit den byzantinischen Säulen führt er sie, in dem schon der heilige Hieronymus aus seiner damals hier verfassten, berühmten ‚Vulgata' vorgelesen habe, der ersten, heute noch gültigen Übersetzung der Bibel ins Lateinische. Die sei zwar voll von Fehlern, aber Johannes Paul wolle keine Änderungen. Folglich warte man in Rom mit allen schon geplanten Änderungen des Textes auf den nächsten Pontifex … Ja, dieser heilige Hieronymus müsste hier in Betlehem zweifellos das zweitgrößte Denkmal bekommen! Vom Tourismusverband. Er allein habe das damals total vergessene Dorf im dritten Jahrhundert wieder berühmt gemacht, sagt Josef, und Nadja sieht erstaunt, dass diese alten Geschichten ihn doch immer wieder schnell beruhigen. Er redet schon wieder so unbelastet, als gebe es nirgendwo Araber, die ihm auch hierher ins Armenische Kloster folgen könnten …

Vor der Basilika draußen ist es stockdunkel. Aber merkbar unruhiger. Mehr und mehr Menschen kommen in die Stadt. Je näher die Mette rückt. Zwar sieht man weiterhin wenig Touristen, aber es kommen unzählige Palästinenser auf den Krippenplatz, gehen winkend herum oder setzen sich in das hell erleuchtete Fastfood-Lokal an der Südseite, um noch schnell etwas in den Magen zu kriegen vor der mitternächtlichen Feier.

Die STUDIOSUS-Gruppe tafelt ausgiebig bei

Abu Shanab an der Hauptstraße – im einzigen Restaurant von Betlehem, das eine ähnliche Holztäfelungs-Innenausstattung hat wie eine österreichische Schihütte – und beobachtet interessiert die Ankunft der Wagenkolonne von Michel Sabbah, dem lateinischen Patriarchen von Jerusalem, der langsam und winkend zur Franziskanerkirche hinauffährt.

Interessiert folgt man ihm, nimmt bei gedämpftem Stimmengewirr im Kirchenraum in der dritten Reihe die für die STUDIOSUS-Reisegruppe reservierten Sitzplätze ein, und alle genießen vorerst einmal, soweit Nadja das beobachten kann, die mitternächtliche, weihrauchdurchwebte, original Betlehem-Weihnachtsmetten-Atmosphäre, da kommt Nadjas Chef auf sie zu, winkt ihr, ihm mit dem Kameramann zu folgen, und stolz wie ein Engel des Herrn betritt er mit ihnen die Sakristei, in der Arafat mit seinem Hofstaat auf seinen Auftritt wartet.

Arafat ist überraschend zierlich, sichtlich über siebzig, grau im Gesicht, seine Augen treten auffallend vor, er hat kleine, weiße Hände mit starken Adern, trägt auch hier seine gewürfelte Kefiyeh auf dem Kopf und ein ebensolches Halstuch, wirkt jedoch trotzdem nicht mehr so recht martialisch, und auch sein berühmter Fünftagebart, vom jungen Fidel Castro inspiriert, ist in den letzten Jahrzehnten auffallend dünn geworden.

Arafat kommt Nadja und ihrem Chef ein paar Schritte entgegen, öffnet die Arme, lässt die angedeutete Umarmung aber schließlich bleiben und sagt nur in seinem speziellen Englisch der rauen Rachenlaute, wie sehr er sich freue, nicht nur das palästinensische und das saudiarabische, sondern auch wieder einmal das deutsche Fernsehen hier in Betlehem zu haben, und wie genau er sich täglich berichten lasse, was in den deutschen Nachrichten über ihn und den heroischen Kampf der Palästinenser gesagt werde.

Nadja bezweifelt zwar sein tägliches Interesse, nickt aber lächelnd.

Ja, da draußen, sagt Arafat und deutet auf die Kirche, aus der man das aufgeregte Rumoren hört, sitze gottlob der loyale Flügel seiner Christen. Er habe nur leider auch, weiß Gott, eine rabiate, christliche Opposition. Den koptischen Patriarchen von Ägypten zum Beispiel. Der ihn nicht nur ständig bekehren wolle, sondern ihm auch täglich vorrechne, was er und seine Minister ständig falsch machen würden!

Arafat trägt eine gut gebügelte Uniform aus dunkelgrünem Tuch. Am linken Oberarm, unter der kleinen, aber gut sichtbar aufgenähten palästinensischen Fahne ist eine Tasche, in der mehrere Kugelschreiber stecken. Die jahrelang sehr präsente Pistole hat er abgelegt.

Er spricht seine Sätze direkt in die Kamera. Über diesen Ort des Friedens. Um den er sich seit Jahren höchst persönlich bemühe. Dass aber leider von den Israelis immer noch viel zu wenig komme, um den gemeinsamen Frieden ‚richtig haltbar' zu machen.

Während er spricht, fixiert er mit seinen hervortretenden Augen die Kamera mit einem starren, leuchtenden Blick. Er scheint es gewohnt zu sein, bewundert zu werden. Die dicke, rote Unterlippe, die ständig zittert, ist gefährlich aufgequollen. Besonders dadurch wirkt der Mann schwer krank und im Grunde überfordert, denkt Nadja.

Plötzlich beendet der Präsident das Interview, und ein schmaler, dunkler, junger Priester führt Arafat und seinen Hofstaat in die Kirche. Der Führer der Palästinenser zieht unter dröhnendem Orgelgebraus in den weihrauchschwangeren Raum ein wie ein Priesterkönig aus dem Alten Testament.

Der Mann sei ein richtiger Profi, flüstert ihr Chef Nadja stolz zu, während er, auf einen Wink des Totenvogels hin, direkt hinter Arafat zu dem für ihn vorgesehenen Sitzplatz in der ersten Reihe entschwebt.

Nadja und ihr Kameramann gehen betont andächtig und mit gesenkten Köpfen zu ihren Plätzen in der fünften Reihe, aber noch während Nadja sich zu ihrem Mann setzten will, der, wie versprochen, gekommen ist, um sie abzuholen, hat sie plötzlich Lewinsky im Blick, der unruhig hin und her schaut, abrupt aufsteht, von der STUDIOSUS-Gruppe weggeht und sich in die Hieronymusgrotte hinunterzwängt.

Nadja wundert sich, dass er sich ausgerechnet jetzt, am Beginn der heiligen Handlung dort hinunterdrängt, denn in den Grotten unten stehen die Gläubigen jetzt ja sicher besonders eng beisammen, aber gerade deswegen geht sie ihm sofort nach.

Sie müsse, flüstert sie Günter zu, unbedingt einen Moment an die Luft … Während ihr klar wird, da unten, in der hintersten Hieronymusgrotte, scheint nun das zu passieren, worauf sie seit Tagen gewartet hat. Abu Khadr, dieser hoheitsvoll dunkle Araber mit dem Blindenstock aus Elfenbein, den sie vorhin schon mit dem Haussman-Hund gesehen hat, gibt Lewinsky eine Art Tabaksbeutel. Und offensichtlich fotografiert ihn sogar jemand dabei, denn ein helles Blitzlicht zuckt durch den Raum … Nadja duckt sich noch tiefer hinter die Betenden, weil sie mit Erstaunen sieht, dass auch ihr Kameramann sich hier unten zwischen den Gläubigen durchwindet. Aber nicht in die Höhle hinein drängt er, sondern aus der Höhle hinaus. Er scheint es eilig zu haben, hier wieder wegzukommen.

Und neben ihm drückt sich Josef vorbei! Das gefällt Nadja noch weniger. Der hat den ganzen Tag mit ihr überaus freundschaftlich geredet, aber kein Wort davon gesagt, dass hier etwas passieren wird, wovon sie offensichtlich keine Ahnung haben soll ... Jetzt gehen die beiden so knapp an ihr vorbei, dass Nadja sich wundert, dass keiner von beiden sie sieht.

Sie folgt ihnen langsam, schnauft dann allerdings, während sie sich wieder zu ihrem Sitz durchdrängt, so stark vor Erregung, dass Günter sie nicht nur besorgt ansieht, sondern sie auch fragt, was ...

Sie will ihm sagen, was sie gesehen hat, verschiebt das aber, weil sie merkt, dass Josef keineswegs, wie sie angenommen hat, zur Gruppe zurückgekommen ist, sondern offenbar jetzt endgültig abgehauen ist.

Nein, Josef sei ganz in Ordnung, der werde gleich wieder da sein, flüstert Frau Schatz aus Münster, die rechts von Nadja sitzt, nickt aber doch etwas besorgt dabei und steckt Nadja zum Trost eines ihrer Sahnebonbons zu. Josef sei kurz mit ihrem Mann mitgegangen. Der brauche frische Luft. Kreislauf. Sie selber sei kurz vorher mit ihrem Mann ebenfalls im Kreuzgang draußen gewesen, aber ihr sei es dort einfach zu kalt. Sie hätte sich drunter was Wärmeres anziehen sollen. Aber in Deutschland denke man, wenn man nach Israel fahre, an die sonnenheißen Wüsten und das Rote Meer, an dreißig Grad im Schatten und überhaupt nicht an Eis und Schnee ...

Nadja kann ihr nicht zuhören. Was, fragt sie sich,

treibt dieser verrückte Josef denn jetzt wieder? Da draußen. Oder ist er mit diesem Autohändler, der ihr nicht unbedingt unsympathisch ist, der ihr aber, wie alle Geschäftsleute, absolut undurchschaubar zu sein scheint, wirklich nur zufällig mitgegangen?

Weil dem nicht gut ist?

Sie muss Josef unbedingt noch einmal ernsthaft sagen, sie kann ihre schützende Hand unmöglich weiter über ihn halten, wenn er sie nicht informiert darüber, was er treibt …

Sie fragt ihren überraschten Kameramann, der jetzt wieder hinter ihr sitzt, warum er, verdammt noch einmal, vorhin mit dem Josef Mitterauer da unten in der Hieronymushöhle gewesen sei?

Der deutet nur auf seine Instant-Kamera und sagt, ein paar Fotos habe er gemacht. Wie in Nazareth.

Sie will die Fotos sehen, und da er sie ihr erst gar nicht, auf ihr Drängen hin aber auch nur ganz vorsichtig zeigen will, nimmt sie ihm die Bilder einfach aus der Hand.

Er hebt sofort den Finger an den Mund, als würde er sagen wollen, dass es besser sei, wenn sie die Bilder nicht herumzeige. Er will sie auch unbedingt wiederhaben, aber Nadja gibt sie nicht mehr her … Denn ausgerechnet ihr Kameramann hat Lewinskys Handschlag mit dem auch auf diesem Foto sehr würdevollen Abu Khadr fotografiert.

Warum?

Nur so, meint er achselzuckend.

Nadja glaubt ihm kein Wort, hat aber keine Zeit, nachzufragen, weil sie spürt, da draußen passiert jetzt etwas mit diesem Blondschopf Josef Mitterauer, und also gibt sie ihrem Mann ein Zeichen, dass sie wieder an die Luft gehen müsse, und drängt sich relativ grob durch die andächtigen Gläubigen nach draußen, schaut sich, noch geblendet vom allerchristlichsten Weihnachtsmettenglanz, im dunklen Kreuzgang um, sieht Josef nirgends, wohl aber sieht sie wieder die fünf Araber, die an ihr vorbeirennen!

Gut, dass Josef die jetzt nicht gesehen hat. Er hätte gleich wieder Angst bekommen, denkt sie und merkt, dass ihr kalt wird und ... Nein, sie stellt sich nichts vor, sie schaut sich nur noch einmal genau um in dem scheinbar menschenleeren Geviert des mittelalterlichen Kreuzgangs, dessen bis zum Boden reichende Säulen die fränkischen Kreuzfahrer errichtet und die Franziskaner vor einem Jahr renoviert haben – sie hat selbst einen Bericht darüber gemacht –, aber auch daran kann sie jetzt nicht denken, sie geht wie in Trance den Spuren der Männer nach, die schräg und grau durch den frischen, weißen Schnee führen, quer über das helle Quadrat des Kreuzgangs hin, und merkt, dass die Tritte, denen sie folgt, schon nicht mehr so dunkel sind wie ihre eigenen, frischen, sondern schon wieder weißgrau, so stark schneit es mittlerweile, und tiefer bückt sie sich dabei, denn rechts außen ist jemand gegangen, auf dessen Sohle ‚Liberty' steht, und der hier ganz deutlich auf den Randstein der Hieronymus-Säule getreten ist, ja, sie bückt sich ganz tief hinunter, damit sie die Buchstaben noch besser lesen kann, und richtig, hier steht klar sichtbar dieses Wort ‚Liberty'.

So ist das, sagt sie sich, alle Welt trägt amerikanische Sachen, und diese gerissenen Amis machen auch noch Reklame dadurch, dass man mit ihren Sachen überall hintritt, und dann stapft sie weiter durch den frischen, weichen Schnee, bis sie gegenüber wieder unter das Dach des Kreuzgangs tritt, wo es dunkler und nasskalt ist, aber hier schneit es wenigstens nicht, denkt sie und wischt sich ein paar Schneeflocken aus der Stirn, da sieht sie ihn, während ihre Augen sich an die Dunkelheit gewöhnen, in der Ecke liegen und weiß sofort, Josef Mitterauer ist tot.

Fünfter Teil

20

Am nächsten Tag taut es. Wieder steht Nadja im Pyjama bei ihrem breiten Fenster und starrt auf die alte Stadtmauer jenseits des Tals … Der weiße Schnee ist grau geworden, und von den Bäumen tropft es. Schade, dass Günter und sie gestern doch keinen Schneemann mehr gebaut haben, denn noch einmal wird es in den nächsten Wochen nicht so verrückt schneien … Immerhin haben sie gestern lang nach Mitternacht hier trotz allem noch ihre Weihnachts- und Chanukka-Kerzen angezündet, aber die rechte Festesfreude ist das nicht gewesen. Maurice Haussman tot, Josef Mitterauer tot, alles ein rechter Tinnef, hat Günter gesagt …

Nadja hasst Günter, wenn er so herumjüdelt. Mit Tinnef und so. In Israel ist Jiddisch eine ungeliebte, aussterbende Sprache, und wenn man Brocken davon verwendet, erinnert man alle nur daran, dass die deutsche Sprache, dem Jiddischen verwandt, die Sprache des Holocaust gewesen ist. Aber Günter sagt auf ihre Einwände nur, er habe, bitte, in Wien über Torberg dissertiert, er lasse sich seine Tante Jolesch nicht nehmen.

Nadja will im Moment nicht weiter darüber nachdenken, die Geschichte mit Josef verstört sie zu sehr … Ja, einen Tag lang sind die Straßen überirdisch hell, weiß und leer gewesen, nun aber haben die Autos sie zurückerobert. Für die meisten Bewohner dieser Stadt ist der Christtag ja nichts als ein normaler Arbeitstag. Busse und Taxis fahren, auch Fußgänger sieht man wieder zum Jaffator hinaufgehen, aber der flapsige, ewig ironische Blondschopf Josef Mitterauer wird da drüben nie mehr auftauchen! Das steht fest.

Nadja ist gestern aus dem Kreuzgang sofort direkt zurück zur Gruppe gelaufen und hat erzählt, wo sie ihn gefunden hat, Günter ist zu den palästinensischen Polizisten gerannt, und Doktor Kernen in den Säulengang, dort hat der immer freundliche und zuvorkommende Schweizer aber nur noch den Tod des Wieners feststellen können.

Die Glocken der Katharinenkirche haben in diesem Augenblick angefangen zu läuten und haben, über den Toten hin, die Frohe Botschaft der Weihnachtsnacht weit hinaus über die Stadt und das Land in alle fünf Erdteile getragen: Der Heiland ist geboren, freue dich, oh Christenheit … Und mehr und mehr Besucher sind aus der Kirche in den Kreuzgang geströmt, obwohl die Polizei sofort die rechte Seite abgesperrt hat, Nadja hatte jedoch für all diese Vorgänge kein Auge gehabt, sie hat sich nur, wie besessen von ihrer Idee, alle Schuhe angesehen. Nirgends aber hat sie das Wort ‚Liberty' gefunden. Auch nicht auf Lewinskys schlichten, schwarzen Stadtschuhen.

Sie hatte sich aber fest eingebildet, diese Schuhe bei jemandem aus der Gruppe gerade noch gesehen zu haben …! Aber sie hat niemanden gefunden. Auch die Schuhe des Toten hat sie sich angeschaut. Das sind weiße Basketballschuhe gewesen, Größe sechsundvierzig, aber auch die waren ohne jede ‚Liberty'-Aufschrift an den Sohlen …

Am meisten hat Michi Spielvogel geheult. Während der Rückfahrt. Nach all den Verhören. Ungeniert und herzzerreißend. Aber auch ein paar andere haben sich Tränen von den Wangen gewischt. Sogar Herr Schatz aus Münster, dem Nadja das am allerwenigsten zugetraut hat.

Aber auch sie selbst war nach dieser Totenmette nicht nur müde, sondern einfach todtraurig gewesen. Das Wort ‚Liberty' hat sie die ganze Nacht nicht losgelassen … Knöchelhohe Wanderschuhe stellt sie sich vor. Keine Bergschuhe, keine Turnschuhe, sondern leichte, knöchelhohe Wanderschuhe. Nicht bäuerliche oder jagdmäßige, sondern … Mein Gott, Guggi hat diese Schuhe! Ja, der trägt solche Schuhe! Zu seiner karierten Jacke und dem Schipullover … Aber wieso soll ausgerechnet er in Betlehem gewesen sein? Im Kreuzgang? Dieser Qumran-Heilige! Aber solche Schuhe hat er! Ihre Erinnerung wird immer klarer: Der hat diese Schuhe!

Ob da tatsächlich ‚Liberty' draufsteht?

Eine halbe Stunde später ist sie im Österreichischen Hospiz und findet ihn an der Orgel. In der Nazarener-Kapelle. Unter dem rosenfarbigen Kupelwieserbild der ‚Heiligen Familie in Jerusalem'!

Er müsse noch üben, sagt er lächelnd. Für das Hochamt. Rektor Weis, der Hausherr, werde heute selber zelebrieren. Ja, diese Heiligen Tage seien immer das größte Gfrett. Man käme zu nichts. Vor lauter Kirchendienst.

Nadja sieht sich seine Schuhe an. Und erschrickt. Ja wirklich, die könnten es sein … Kann sie ihn fragen, ob er ihr seine Schuhsohle zeigt?

Sie geht langsam auf die Knie und bückt sich so tief, dass sie seine durch die Pedale etwas angehobenen Schuhsohlen von unten sehen kann, und da sieht sie, was sie nie für möglich gehalten hätte: Hier steht tatsächlich groß und breit ‚Liberty'.

Unverschämt deutlich.

Professor Guggi merkt, dass sie etwas gesucht und gefunden hat, und obwohl er nicht glauben kann, dass Schuhsohlen Geschichten erzählen, dreht er seinen Fuß doch etwas zu sich und betrachtet selbst seine stark profilierten Schuhsohlen.

„Steht da mein Name drauf? Oder was?"

„Tragen Sie immer diese Schuhe?"

„Bei schlechtem Wetter, ja." Professor Guggi nickt sich selber bestätigend zu. „Das sind gute, österreichische Schuhe. Aus Feldkirchen in Kärnten. Sie sind wasserdicht, geben Halt, federn gut ab, sind atmungsaktiv, antibakteriell und Pilz hemmend. Sehr hygienische Schuhe."

Er schaut sie vergnügt an.

„Jetzt wundern Sie sich, wie viel ich von Schuhen weiß, nicht? Während der Volksschule war ich Bloßfüßiger jeden Nachmittag, wenn die andern überall herumgesaust sind, bei unserem Schuster. Den es in Leisach damals noch gegeben hat. In Osttirol. Mitten im Dorf. Im Frühling ist er von Hof zu Hof gezogen, im Sommer aber ist er in seinem Haus gewesen, hat Leder geschnitten und Gummiabsätze geklebt. Vor allem für die Ausländer. Die Bergsteiger. Es hat immer sehr intensiv gerochen bei ihm. Nach Leim und Gummi ... Damals wollte ich nichts werden als Schuster."

Nadja hat sich während dieser Tirade nicht bewegt, liest das ominöse Wort noch einmal, als lese sie es zum ersten Mal, und fühlt sich elend.

„Liberty."

Professor Guggi fragt nach einer langen Pause: „Stand das im Schnee?"

Nadja nickt.

„Liberty? Einfach so?"

„Tief eingedrückt. Ja."

Langsam steht Nadja auf. So also, denkt sie, sieht ein Mörder aus. So kaltblütig spielt so einer am nächsten Morgen auf der Orgel. Sie steht mit Mühe auf und schaut den alten Mann verzweifelt, aber plötzlich doch sehr distanziert an.

„Was soll ich jetzt tun? Soll ich die Polizei rufen? Wollen Sie vorher jemandem beichten? Sie wissen doch, was mit Josef passiert ist."

Der alte Mann nickt.

„Woher?"

„Woher? Ich bin dabei gewesen."

„Sie waren wirklich dort? Mit diesen Schuhen?"

„Ja."

Was – sagt er?

„Ich wollte jemanden treffen. Viele Katholiken sind jedes Jahr zu Weihnachten in Betlehem. Aber der Mann, mit dem ich mich verabredet hatte, war nirgends zu finden. Wohl aber die Söhne von Abu Khadr. Also ging ich zu denen hin, merkte aber, dass die jemandem nachschlichen … Unserem Josef. Der war mit einem anderen Mann, den ich nicht kannte, in den Kreuzgang gekommen, aber kaum war der andere weg, hatten ihn die fünf Burschen schon auf die Knie geworfen … Ich wollte hin, aber es war zu spät, ich wollte einen Arzt holen, aber es war zu spät, wollte ins Kloster, um zu telefonieren, da kamen Sie, und als ich Sie auf dem hellen Schnee näher kommen sah, fürchtete ich plötzlich tausend Verwicklungen, blieb also bei der Pforte, bis Sie wegliefen … Ich wusste, Sie werden jemanden holen, ich wusste, Sie kennen sich aus in diesem Land, Sie wohnen da, Sie arbeiten da, Sie kennen alle Zeitungsleute, ich aber bin nur ein zugereister Ex-Mönch, das ist immer verdächtig … Ich weiß nicht, ob Sie das verstehen, aber ich mag prinzipiell alle diese Polizeiverhöre hier nicht. Nein, ich habe nichts zu verbergen, ich habe nur immer Angst, weil diese Menschen mit Ausländern meist sehr unsensibel umgehen … Trotzdem habe ich heute Morgen einen anonymen Brief geschrieben. Habe alles beschrieben, was ich beobachtet habe. Vielleicht hilft denen das, die sich mit dem Fall beschäftigen … Ich glaube, es war eine Falle, aber die Söhne von Abu Khadr sind garantiert schon im Libanon … Ja, ich sehe das als Schachspiel. Erst kommen die Aktionen mit den Bauern. Das waren die Box-Hiebe mit den Schlagringen auf den Motorrädern. Das war eine Warnung. Diese Eröffnungsvariante scheinen aber sowohl der weiße Läufer wie der weiße König, also der immer so ironische Josef Mitterauer und der elegante Marcel Haussman einfach ignoriert zu haben. Daraufhin sind beide vom schwarzen Turm und vom schwarzen König aus dem Feld geschlagen worden. Der schwarze Turm könnte Abu Khadr sein, und den schwarzen König muss man wohl noch finden …

Ist der Schwarze König, überlegt Nadja, etwa der Autohändler aus Münster? Haben die beiden tatsächlich Geschäfte gemacht miteinander? Der Reiseführer und der Autohändler? Warum ist dieser Herr Schatz mit Josef ausgerechnet in dem alles entscheidenden Moment an die frische Luft gegangen?

Professor Guggi beginnt wieder mit seinen Übungen für das Hochamt.

Nadja fragt noch, ob ihn, den manche Sepp nennen würden, je jemand hier Josef genannt habe?

Professor Guggi schüttelt den Kopf.

Nadja nickt und geht. Sie ist verstört, aber doch auch froh, dass Professor Guggi offenbar doch nicht der Mann ist, der … Der in diesem Hospiz gesuchte Joseph ist also wahrscheinlich doch dieser Professor Lewinsky mit dem Kaiser-Franz-Joseph-Bart.

An der Pforte fragt sie nach ihm, aber der Herr Professor, hört sie, ist ausgegangen.

Und wie gehe es der Dame im Spital?

Die sei immer noch ohne Bewusstsein. Professor Lewinsky habe sie schon mehrmals besuchen wollen.

„Ah, Lewinsky hat Sie schon mehrmals besuchen wollen?“

„Ja, aber man hat ihn nicht zu ihr gelassen.“

Nadja nickt. Am liebsten würde sie Lewinsky gleich mit der Polizeistreife suchen lassen.

21

Sie ist diesmal pünktlicher bei ihrem Chef. Zum Frühstück. Der Weg vom Österreichischen Hospiz ins Hotel ist nicht nur kürzer, es gibt auch wieder Taxis.

„Setzen Sie sich nahe zu mir“, sagt ihr Chef, „Sie wissen, ich hör nicht gut. Ich hab einen Hörsturz gehabt. Ein paar Tage war das äußerst hinderlich, aber beim Helikopter-Skiing in Canada ist alles kurzfristig wieder besser geworden, wegen der großen Höhenunterschiede wahrscheinlich, aber letztlich …“

Nadja setzt sich zu ihm, obwohl das nicht ungefährlich klingt. Immer, wenn ihr Chef menschlich wird, will er ihr etwas Unangenehmes verkaufen. Jetzt muss er nur noch sagen: Was wollen Sie trinken? Champagner?

„Was wollen Sie trinken? Champagner?"

Was hat er vor? Sein Ton ist zu nett. Sie kennt ihn gut genug, um nicht darauf hereinzufallen. Jetzt wird gleich kommen, dass jeder Chef ein ungestörtes Verhältnis zur Macht haben muss.

„Jeder Chef muss ein ungestörtes Verhältnis zur Macht haben", sagt ihr Chef. „Anbiederung an Untergebene halte ich für das Letzte. Ein guter Chef will ohnedies nur das, was gut ist für den ganzen Laden. Davon muss jeder Mitarbeiter ausgehen."

Was will er? Sie loswerden? Gut, dass sie ihm nicht gesagt hat, dass sie ein Glas Milch will. Da würde er sicher vor Mitleid überquellen, sie aber gleichzeitig inständig bitten, ihren Platz auf dem Bildschirm möglichst bald für eine seiner neuen, jungen Entdeckungen frei zu machen.

Nadja spürt, wie unangenehm nass ihre Schuhe sind, und ohne dass ihr Chef das sieht, zieht sie beide aus und reibt die kalten Zehen aneinander. Stiefel hätte sie anziehen sollen. Jetzt ist keine gute Zeit, um krank zu werden.

Langsam entspannt sie sich. Sie mag den süßen Duft von frisch gebackenem Rosinenbrot und gemahlenem Kaffee. Und die alten Ansichten von Palästina neben den osmanischen Teppichen an der Wand. In diesem weiten, hellen Raum unter der graublauen Damaszener Holzdecke. Wäre sie mit Günter hier, wäre alles wunderbar, mit ihrem Chef aber ist alles total verkrampft. Der posiert noch, wenn er sein Croissant abbeißt … Ja, sie weiß, sie ist streng mit ihm, aber heute missfällt ihr einfach alles, was er tut. Sogar seine Fingerhaltung. Und wie er immer zu früh seine Lippen schürzt. Wenn die Tasse noch in der Luft ist. Ihr ist dieses Getue einfach zu geziert … Jetzt wird er bald sagen, dass er Commendatore des Heiligen Vaters ist.

„Sie wissen, ich bin Commendatore des Heiligen Vaters."

Ja, gut, und?

„Und habe, allerdings keineswegs nur dadurch, eben besondere Verpflichtungen. Rom gegenüber. Freiwillige. Der Vorteil dieser Verpflichtungen ist jedoch, dass man von denen, denen man sich verpflichtet fühlt, gelegentlich etwas zurückbekommt. Informationen zum Beispiel. Die andere nicht bekommen. Vertrauen trägt Zinsen, verstehen Sie?"

Selbstverständlich, nickt sie. Aber was genau meint er? Wenn er so besonders diffus redet, will er immer etwas ganz Spezielles. Wenn auch meist Lächerliches. Soll sie vielleicht die Aufnahmen, die ihr Kameramann von ihm und Arafat gemacht hat, noch heute vergrößern lassen und nach Gaza schicken?

„Haben Sie mit Herrn Forestier geredet?"

Ah, da liegt der Hase im Kraut.

„Noch nicht", sagt sie vage. Sie will nicht sagen, dass sie das auch gar nicht vor hat, weil sie nicht den Auftrag kriegen will, dass sie in Zukunft jede Nachricht, die Arafat betrifft, mit diesem Aasgeier Abdullah Husseini absprechen muss.

Ihr Chef nickt zögernd. Sie sieht ihm an, dass er eigentlich etwas Befehlstonhafteres sagen möchte, aber offenbar ist er nach dieser aufregenden Hochheiligen Nacht doch zu abgespannt für eine richtige Auseinandersetzung. Er lässt ihr undiszipliniertes Ausweichen mit schmalen Augen durchgehen und sagt betont leise, er habe hochinteressante Dinge erfahren.

Na, wer würde daran zweifeln! Garantiert gehört zu diesen Dingen auch die Bitte des Totenvogels Forestier, dass eine gewisse Auslandskorrespondentin schon ‚in naher Zukunft' wesentlich ‚palästinenserfreundlicher' zu berichten habe, nein?

„Alle Informationen über die Entwicklungen in diesem Land, die mir in langen Gesprächen nahe gebracht wurden, haben allerdings nichts mit dem Fall zu tun, den Sie so überraschend wichtig nehmen."

Aha. Jetzt ist der Fisch im Netz. Und der Maulkorb auf der Nase. Der Aasgeier Forestier hat Angst, dass er in einem Bericht auftaucht, den er nicht manipulieren kann. Aber wovor hat er Angst? Dass sie sagt, er sei mitten im Winter als Liebhaber auf die verschneite Straße gesetzt worden und habe sich hundsgemein dafür gerächt …?

„Mächtige soll man nicht reizen. Wenn man nicht muss", sagt ihr Chef und seufzt.

„Da haben Sie sicher recht", antwortet Nadja mit dem Brustton scheinbarer Ehrlichkeit und fängt an, eine Birne zu schälen.

„Womit habe ich recht?"

„Dass man manchmal so viele Informationen erhält, dass man den Blick für das Wesentliche verliert."

Ihr Chef lässt sich von ihr einen Teil der geschälten Birne auf den Teller legen. Ohne wegen dieser Intimität zu protestieren. Er isst das Stück Birne sogar und greift nachdenklich zu einem zweiten Croissant.

„Na, dann hätten wir wenigstens das geklärt", sagt er, während er sie allerdings immer noch zweifelnd, ja geradezu unsicher ansieht. Er hat sichtlich mit mehr Widerspruchsgeist gerechnet.

„Über den Mord an diesem Antiquitätenhändler berichten wir also besser nicht. Ich bin auch wirklich überzeugt, dass allen unseren Zuschauern völlig egal ist, wer da wen umgebracht hat."

„Total", sagt Nadja und nickt. Sie weiß, es hat keinen Sinn, ihm jetzt etwas anderes vorzuschlagen.

„Sehen Sie, das freut mich, dass Sie das sagen. Es gibt einfach Wichtigeres. Wir müssen zum Beispiel wesentlich mehr Stimmung machen für die Palästinenser. Sie, Nadja Assad, sagen alles zu sehr durch die Blume, höre ich. Erklären Sie den Leuten doch ruhig etwas direkter, wer hier wen in die Hochsicherheitsgefängnisse steckt."

„Sagt das Herr Forestier? Der Mann, bitte, das muss ich Ihnen schon einmal sagen, hat in diesem Land wirklich keinen guten Ruf."

„Seltsam, er lobt Sie immer, Sie aber sagen nichts als Schweinereien über ihn."

„Für mich sind Liebesgeschichten keine Schweinereien. Ich sage Ihnen nur …"

Ihr Chef schüttelt den Kopf und schnaubt wortlos. Er will seine Missbilligung bewusst zurückhalten und gleichzeitig doch möglichst wirksam ausdrücken.

Sein Handy läutet.

„Wie, bitte? Er selbst …? Nein, was Sie nicht sagen!"

Das verzückte Gesicht spiegelt sein Erstaunen

wider, während er den Rest eines dritten Croissants zu einer Teigkugel knetet.

„Ja, ich erwarte den Wagen", sagt er, legt das Handy weg, brummt und atmet tief durch.

„Das war eben Ihr Freund Forestier. Stellen Sie sich vor, er meint, einflussreiche Freunde hätten ihm angedeutet – er tut so, als wäre das Arafat persönlich gewesen –, ein bedachtsamer Bericht über den Mord an diesem Antiquitätenhändler könnte durchaus nicht uninteressant sein. Wenn man ihn richtig interpretiert. Man sei, wie er höre, daran mittlerweile sogar interessiert. Aus politischen Gründen."

Ihr Chef steht abrupt auf.

„Also lassen Sie von sich hören", sagt er und geht, ohne sie noch einmal anzusehen.

Nadja ist verblüfft. Dieser Totenvogel hat seine Sache nicht schlecht gemacht. Mit dieser Drehung ins Politische will er offenbar alle privaten Motive verdecken. ‚Offensive Verteidigung' nennt man das wohl.

22

Nadja erfährt im Hospiz, dass der Ersatzreiseleiter die STUDIOSUS-Reisenden vor einer Stunde zum Felsendom geführt hat, findet die Gruppe ein paar Minuten später in der Al Aksa-Moschee und gibt dem kaiserbärtigen Lewinsky ein Zeichen, dass sie unbedingt sofort mit ihm sprechen muss.

Er scheint sie nicht verstehen zu wollen und lässt sich auch weiterhin von dem Ersatzreiseleiter, wie zuvor immer von Josef, alles höchst genau erklären, damit jeder unbefangene Beobachter ihn, den Professor aus Kassel, für einen ausschließlich an Historischem interessierten, weltfremden Wissenschaftler halten muss, der mit keinem Mord, der je in Israel passiert ist, auch nur entfernt irgendetwas zu tun haben kann.

„Diesen Begriff Al Aksa", sagt der rothaarige Führer mit hoher Stimme, „kann man übersetzen mit dem Begriff Das-von-Mekka-am-weitesten-entfernte-Heiligtum. Nach den Moscheen von Mekka und Medina ist diese Moschee hier für alle Moslems die drittwichtigste. Von diesem Berg aus hat Mohammed auf seinem Pferd Burak die Himmelsreise angetreten … Ja, leider sind alle archäologischen Untersuchungen auf dem Tempelberg aus politischen Gründen verboten. Trotzdem wissen wir, die Südmauer stammt aus dem achten Jahrhundert, die Moschee selbst ist rund tausend Jahre alt, und die östlichen Seitenschiffe wurden im Zweiten Weltkrieg zwar abgerissen, aber originalgetreu wieder aufgebaut. Die Säulen wurden von Mussolini gespendet, die Decke von König Faruk, dem Ägypter …"

Nadja deutet Lewinsky noch einmal, dass sie jetzt sofort mit ihm reden muss. Er möge, bitte, mit ihr nach vorne gehen. Und zwar allein … Lewinsky zögert ein paar Sekunden, tut dann aber, was sie von ihm will.

Seinen Backenbart zwirbelnd.

Da der Mann vom Tourismusministerium ihnen misstrauisch nachschaut, deutet Nadja mit einer großen Kreisbewegung auf den mit glitzernden Mosaiken geschmückten Triumphbogen hinauf. Speziell auf die beiden monumentalen, gelbgrünen und silberfarbenen Palmwedel, die sich zur Mitte neigen.

Auf diese delikaten Symbole eines Glück verheißenden Paradieses.

„Das Mosaik in der Kuppel ist aus dem zwölften Jahrhundert", sagt sie. „Aber ich sag ihnen das jetzt nur, weil man uns beobachtet. Und ich nicht auffallen will. Und auch nicht will, dass Sie auffallen", sagt sie leise und fragt mit unverändertem Ton, wer denn also nun, seiner Meinung nach, Maurice Haussman umgebracht habe?

Lewinsky zuckt die Schultern.

„Und was genau haben Sie von Abu Khadr gestern in der Hieronymusgrotte übernommen?"

„Ich? Tabak."

Er holt einen mächtigen Beutel aus dem Mantelsack, öffnet ihn, riecht ausführlich daran, und Nadja sagt sich verblüfft, der Mann ist noch kaltnasiger, als sie erwartet hat.

Er schaut sie mit schmalen Augen an. „Was ist denn plötzlich los mit Ihnen? Brauchen Sie eine Sex-and-Crime-Story für Ihren Sender? Oder warum kümmern Sie sich um Geschäfte, an denen Sie nicht beteiligt sind?"

„Zwei Bekannte sind tot. Und eine dritte Person liegt seit Tagen bewusstlos im Krankenhaus. Da muss man sich als Journalist doch fragen dürfen, was da rundum passiert, nein?"

„Ja, möglich. Aber wenn Sie schon überall herumhorchen, müssen Sie doch bemerkt haben, das alles hat mit unserer Gruppe absolut nichts zu tun. Wir sind alle morgen im Flugzeug."

Nadja wiegt den Kopf und will etwas entgegnen, aber Lewinsky lässt sie nicht zu Wort kommen.

„Jeder weiß, STUDIOSUS-Reisegruppen haben nie politische Probleme. Man soll uns da in nichts hineinreden. Die Polizei hat heute früh alles zu Protokoll genommen. Es gibt keine Verdachtsmomente in der Gruppe. Diese unglückliche Geschichte war nichts als ein jüdisch-arabischer Händlerstreit."

„Horst Forestier hatte in seinem Zimmer Heroin. Und einen Zettel herumliegen lassen mit Ihrem Namen. Sie heißen doch Joseph?"

„Sind Sie von der Polizei, gute Frau? Dann weisen Sie sich aus. Wenn nicht, halten Sie die Klappe. Schlechter Journalismus interessiert uns alle hier absolut nicht, klar?"

Nadja begreift, dass sie mit diesem Menschen nie weiterkommen wird. Der Mann scheint in diesem Spiel eine zu gut abgesicherte Position zu haben. Das ist ein Fall für ernsthafte Ärgernisse. Um den muss Uri sich kümmern …

Sie geht schnell aus der Moschee hinaus, geht im Schatten der Aleppo-Kiefern auf und ab und versucht, mit ihrem Handy Uri irgendwo zu erreichen. Sie ruft überall an, wo er um diese Zeit sein könnte. Endlich findet sie ihn im ‚Philadelphia', das zwar ein typisches Araberlokal ist, aber Uri sagt, gerade er gehöre überall hin in dieser Stadt und schon gar in alle Araberlokale. Auch wenn in diesem Keller leider sein Handy nicht funktioniere.

Gut, sagt Nadja, in zehn Minuten sei sie bei ihm.

Das romantische Restaurant in dem tiefen, im Winter immer angenehm warmen Keller ist gut besucht, und da Mittag ist, wird zwischen den bunten Wandteppichen orientalisch üppig getafelt. Nadja genießt das Ambiente. Sie habe einen Hunger für zwei, sagt sie, sie habe in der Al Aksa-Moschee gefroren, beim Frühstück mit ihrem Chef vor Aufregung nichts schlucken können, kurz, was könne er ihr denn jetzt in diesem ‚Tempel der Wohlgerüche' empfehlen? Und vor allem, was wisse er mittlerweile über Maurice Haussman?

Uri wiegt den Kopf. Weder sei beim Begräbnis jemand gewesen, den man nicht erwartet habe, noch hätten die Jericho-Recherchen viel erbracht, und Haussmans Geschäftsfreunde seien auch alle professionelle Schweiger ... Ja, es gebe eine radikale christliche Palästinensergruppe, die theoretisch für so eine Art Steinigung in Frage komme, aber praktisch seien das doch alles Narren ... Ja, wegen der Verrücktheiten, die von diesen Leuten in den Verhören behauptet würden, könne man die ganze Gruppe einsperren, aber die Morde nachweisen könne man weder denen noch diesem so genannten Abdullah Husseini ... Habe sie sich in ihrer Pilgergruppe noch einmal umgehört?

Nadja zögert. Lewinsky komme ihr sehr seltsam vor. Und dieser Josef Mitterauer habe also ziemlich sicher mit Haussman Macheloikes gemacht. Die meisten in der Gruppe aber seien harmlose, bürgerliche Ehepaare. Die seien komplett uninteressant. Den ganzen Tag aber seien gestern fünf junge Araber um die STUDIOSUS-Gruppe herumgeschlichen. Erst auf dem Feld der Hirten, dann in der Geburtsgrotte ... Und während der Mette hätten die mit zwei Faustringen zugeschlagen. Habe der Schweizer Arzt der Gruppe der palästinensischen Polizei zu Protokoll gegeben.

So habe er das im Protokoll gelesen, ja.

Nadja sagt nach kurzer Überlegung nicht, dass es einen Zeugen gibt. Sie will abwarten, was die Polizei von sich aus herausbringt. Wenn man die Burschen erst einmal hat, kann man sie immer noch mit der Aussage des Liberty-Professors konfrontieren.

Sie zeigt Uri aber das Foto, das sie ihrem Kameramann weggenommen hat.

„Ah, da ist Lewinsky! Und wer ist der?“

„Der hat sich mit diesem Aasgeier Forestier im Schuk getroffen.“

„Ah, den kenn ich. Den hab ich schon einmal verhört. Das ist der, der immer mit den Emiraten Geschäfte macht. Der ist fast blind.“

„Er geht mit einem Stock.“

„Zumindest tut er so, als ob er blind wäre. Ich habe immer gedacht, er hat irgendwo Heroin. Wir haben aber nie etwas gefunden. Er hat seinen Laden hinter der Grabeskirche. Bei der kleinen Moschee. Immer wenn ich die Gasse von der Terra Sancta herunterkomme und in die Straße bei der Grabeskirche einbiege, sitzt er dort vor seinem Gewölbe und trinkt Tee. Er hat kein großes Geschäft, aber an hübsche, mit Perlmutt eingelegte Waffen kann ich mich erinnern, an Beduinenschmuck und an Ketten aus der syrischen Wüste. Auch viele Goldarmbänder liegen in den Auslagen. Und in den Stellagen glitzert Silberschmuck … Aber gefunden haben wir, wie gesagt, nie etwas wirklich Interessantes. Politisch haben wir uns immer schwer getan mit ihm. Er ist Araber, aber aus einer christlichen Familie. Ein Syrisch-Orthodoxer. Oder syrischer Jakobiter. So wie viele, die dort in der Nähe des Markusklosters wohnen.“

Uri steht auf.

„Darf ich nicht fertig essen?“

„Ich dachte, wir trinken unseren Türkischen gleich bei ihm, oder? In einem seiner Geschäfte. Ihm gehören, glaube ich, mehrere. Viele islamisch-arabische Händler sind von der Grabeskirche weggezogen und haben verkauft. Er nicht. Wenn Ostjerusalem irgendwann wirklich endgültig jüdisch werden sollte, wird er als christlicher Araber unter dem besonderen Schutz der Regierung stehen, denkt er wohl, und wird alle möglichen Minderheitenprivilegien bekommen. Die anderen sind weggezogen, er aber ist geblieben. Mit syrisch-orthodoxem Gleichmut. Mit dieser Urchristenzähigkeit. Im Schatten der monumentalen Grabeskirche … Ja, er hat durchaus eine gewisse Würde, obwohl er mir gegenüber immer betont bescheiden tut. In der letzten Zeit ist er allerdings merkbar nervöser geworden. Vielleicht auch, weil er immer weniger sieht. Ich bin gespannt, was er erzählt, wenn ich ihn frage, ob er Maurice Haussman umgebracht hat."

Eine halbe Stunde später sind Uri und Nadja in der überwölbten Römerstraße hinter der Grabeskirche. Hier dunkelt es früher als sonst in der Stadt. Die meisten Händler haben ihre Gewölbe geschlossen, aber der, den Uri treffen will, ist noch da … Langsam erhebt er sich von seinem Hocker, stützt sich schwer auf seinen Elfenbeinstock, schaut Uri mit großen, grauen Augen an, mit denen er wohl wirklich kaum mehr etwas sieht, und bittet ihn, Platz zu nehmen.

„Tee?"

Uri murmelt etwas von einem Beduinenschmuck für die Dame. Der Händler hört das mit schräg gehaltenem Kopf, will auch anderes zeigen, um die Schönheit seiner bemerkenswertesten Stücke wirken zu lassen, wie er sagt, beschreibt auch schon

Ikonen, Elfenbeinarbeiten und Dolche, die er später zeigen werde, und lässt als Erstes die schönste Kette für die schönste Dame bringen, wie er sagt, und der Preis werde keineswegs hoch sein …

Er horcht sichtbar, was Uri darauf sagt, aber da er minutenlang das nicht hört, was er hören will, versucht er es noch einmal. In diesem sehr speziellen Fall, bestätigt er den ersten Versuch der Bestechung, werde er einen echten Sonderpreis machen, verspricht er, während er die Kunden, die er wieder betont gastfreundlich seine Gäste nennt, an den mit schweren Riegeln und Schlössern gesicherten Eisentüren vorbei in seine Höhle geleitet.

In der Mitte steht ein niederer Verkaufstisch zwischen kleinen Hockern. Hier ist es nicht ungemütlich, findet Nadja. Das Geschäft ist klein und eng, aber mit freundlich hellem Holz und viel Glas ausgestattet, knallhell erleuchtet und penibel sauber.

Wie könne er, der berühmte Händler, fragt Uri, all die schönen Dinge denn richtig einschätzen, wo er doch fast blind sei?

Er sehe mit den Händen. Und er höre alle Nebentöne seiner Gäste, sagt der Alte. Er erkenne ihre heimlichen Wünsche und wirklichen Absichten an den Schwingungen ihrer Stimme. Er sei zwar wirklich ein alter, blinder Mann, aber wehrlos sei er nicht.

Er rückt umständlich zwei Hocker zurecht, glättet Pölster, nimmt unwichtige Kleinigkeiten vom niederen Glastisch, um Platz zu machen für seine Schätze, die er noch einmal mit märchenhaften Worten anpreist, vor allem mit ausführlichen Hinweisen, aus welchen fernen Wüstengegenden die verschiedenen Beduinensteine kommen, und zwischendurch wiederholt er, wie sehr er sich freue über diesen hohen Besuch. Wie er seine Opfer mittlerweile nennt. Nicht wissend, dass er selbst heute das Opfer bei diesem Geschäft sein wird.

Damit es nicht so seltsam still ist, erzählt er Familiäres von seinem Cousin in London, von seinem Schwiegervater in Kairo und schließlich auch von seinem Bruder in Frankfurt ...

„Schickt der Ihnen viel?" Uri hat bewusst genau denselben harmlosen Ton wie sein Gegner. „Alle Palästinenser in Deutschland unterstützen doch ihre Familien."

Trotz des sanften Tons wissen beide, dass Uri eigentlich fragt, ob das Heroin, das er sucht, von diesem Bruder kommt ... Oder ob die Geschäfte etwa umgekehrt laufen?

Der Händler schüttelt bedauernd den Kopf, lächelt sein blindes Lächeln und behauptet, er habe hier für sein einfaches Leben genug. Sein Bruder arbeite in Frankfurt nur für sich. Und seine kleine Familie dort. Nur ein wenig höchstens auch für sein neues Geschäft in Beirut. Dort werde viel gebaut. Aber vielleicht komme sein Bruder doch auch wieder einmal hierher zurück, wenn die heilige Stadt Al Kuds, wenn also Jerusalem demnächst einmal doch auch offiziell die Hauptstadt von Palästina sein werde.

Uri nickt. Er weiß, jeder Satz ist Show. Die Herren haben sich in ganz kurzer Zeit schon daran gewöhnt, dass keiner dem anderen irgendwelche politische Aussagen abnimmt. Im Vertrag von Oslo wurde festgeschrieben, alle komplizierten Dinge würden erst bei gegebener Zeit entschieden werden. Auf höchster Ebene. Im Vertrag von Oslo steht nichts von einem Teegespräch simpler Interessenvertreter in der Altstadt.

Plötzlich fragt Uri aber doch etwas Politisches. Was er, Abu Khadr, als Orthodoxer denn schon am vierundzwanzigsten Dezember in Betlehem verloren habe? Bei den Katholiken?

Er sei nie dort, lächelt der Händler. Bei den Katholiken.

Man habe ihn aber gesehen.

Das könne kaum sein, sagt der trotz seiner Blindheit leicht schielende, olivgesichtige, weißhaarige Händler und spielt mit dem fein ziselierten Silbergriff seines Blindenstocks.

Man habe aber ein Foto, sagt Uri und zeigt es ... Was also habe er wirklich in der Hieronymusgrotte diesem Lewinsky übergeben?

Übergeben? Nichts. Einen Tabaksbeutel. Und dabei habe man über die politisch hochinteressante Predigt des palästinensischen Patriarchen Michel Sabbah geredet, sagt Abu Khadr wieder besonders treuherzig, während seine Söhne mit tiefen Verbeugungen Tee und Zucker bringen.

Aber, sagt Uri betont traurig, wenn er ihm, dem seit Jahren Wohlbekannten, hier und jetzt gar nichts sagen wolle, werde den staatlichen Stellen leider nichts übrig bleiben, als ihn zu verhaften ...

In diesem Moment taucht, als würde er die Gefahr spüren, der Schäferhund auf, der Schäfer von Maurice Haussman, und der Alte, der ihn auch sofort spürt, kneift die Augen zusammen, atmet kurz durch und gibt seinen Söhnen ein Zeichen, sie sollten den Hund wegbringen, in dem Moment aber stürzen sich die Söhne schon auf die Besucher, da jedoch Uri ein Funkzeichen gegeben hat, stehen

Sekunden später mehrere Polizisten im Raum, drängen den Alten und seine Söhne an die Glasscheiben der Wandschränke und halten den wild bellenden Schäfer fest.

Sofort behaupten alle drei Söhne, sie hätten doch nur einen umstürzenden Hocker gerade stellen wollen, aber diesmal nützt ihnen keine Ausrede, alle drei werden zusammen mit ihrem Vater von den Polizisten mit harten Griffen abgeführt.

Auch der Hund.

An kurzer Leine.

23

Uri und Nadja gehen nicht mit zu den Verhören, sondern durch den Schuk die steile, enge Straße, die in die Stufen der Via dolorosa mündet, zum Hospiz hinunter. Einerseits wütend, mit welcher Kaltblütigkeit der Alte sie beide hat attackieren lassen, andererseits befriedigt, dass man endlich eine seriöse Spur zu haben scheint.

Von dem jungen Mann, der am Empfangstisch im Foyer Dienst hat, erfahren sie, dass Lewinsky ausgegangen ist. Der Theologiestudent aus Innsbruck kann sich aber erinnern, dass Herr Professor Lewinsky Herrn Professor Guggi, der sich, wie jeder wisse, am besten auskenne in der Altstadt, nach dem ‚Jerusalem Star Restaurant‘ gefragt habe. Das müsse da rechts vorne sein, hinter dem Torbogen des quer über die Straße gebauten Turmhauses.

Das Restaurant ist schnell gefunden. Sein pseudo-orientalischer Kitsch ist nicht zu übersehen. Diese Mischung aus Karawanserei und Haremseingang mit Muranoleuchtern, Wasserpfeifen, Fischkörben und bunt ausgelegtem Obst ist abstoßend und einladend zugleich, und Wunder über Wunder, hier sitzt nicht nur Lewinsky, sondern neben ihm auch tatsächlich der sichtlich überraschte Professor Guggi.

Der Auftritt des Polizisten scheint den beiden Professoren nicht recht zu sein. Uri hat nämlich gleich die Militärstreife mitgebracht, die im Durchgangstor herumlümmelte, und lässt zur allgemeinen Überraschung beide Herren ohne viele Worte verhaften.

Lewinsky will seinen Anwalt verständigen, aber Uri lässt nicht mit sich diskutieren, sondern lässt beide abführen.

Draußen will er den Soldaten, die alle frisch eingewanderte Russen sind, auf Russisch nur noch sagen, dass bei beiden Verdächtigen akute Fluchtgefahr bestehe, da bemerkt er verblüfft, dass nur noch einer der Festgenommenen da ist.

Auf seinen Wink hin halten zwei Lewinsky mit ihren monströsen Schnellfeuerwaffen in Schach, die anderen aber rennen zurück, denn was alle nicht glauben wollen, wird immer klarer, der scheinbar so versponnene Professor Guggi aus Leisach in Osttirol ist verschwunden.

Am verblüfftesten ist Nadja, aber mitten in der Nacht ruft dann eben dieser Professor Guggi bei ihr an und sagt, sie möge ihn so schnell wie möglich mit ihrem Freund vom Geheimdienst zusammenbringen. Alfreda Strossmayer, die tagelang nicht ansprechbar gewesen sei, habe ihn, den sie von früheren Aufenthalten her kenne, ins Hadassah-Spital rufen lassen, um mit ihm zu reden. Ja, sie fürchte, sie werde demnächst ihren Geist aufgeben, in ihrem Bett der Schmerzen, und er habe gar keine Lust, ausgerechnet dort uninformierten Uniformierten in die Hände zu laufen.

Nadja ruft Uri an, und der ist sofort bereit, ins Hadassah-Spital mitzufahren. Schon im Wagen unterhält er sich auch höchst interessiert mit dem sichtlich zufriedenen Professor Guggi, und hinter dem dritten Vorhang im Zimmer 721 liegt dann tatsächlich, an einem Fenster mit heruntergezogenen Jalousien, eine mehlfarbene, füllige Frau mit weißem Kopfverband und geschlossenen Augen.

„Professor Guggi", flüstert sie, da er sich an ihr Bett setzt, „haben Sie genug Platz?"

Er brummt beruhigend.

„Ich habe zwei Bekannte mitgebracht", sagt er leise, „ich hoffe, das stört Sie nicht."

„Mich stört gar nichts mehr", sagt Alfreda Strossmayer in ihrem altmodischen Balkandeutsch, „seitdem ich weiß, dass ich einen Schädelbruch und ein gebrochenes Schlüsselbein habe, eine Gehirnhautentzündung und keinen Blutdruck mehr. Meistens bin ich ohnedies bewusstlos. Die Ärzte sagen, wenn sie überhaupt etwas sagen, sie hätten Anlass, um mein Leben zu fürchten … Verstehen Sie mich recht, ich fürchte mich vor nichts, aber ich will meine Angelegenheiten ordnen. Ich bin weder verheiratet noch habe ich Kinder, und mein unbedeutendes Testament liegt ordentlich in meiner Agramer Wohnung. In der rechten Schreibtischschublade. Insoweit ist alles geordnet. Alles andere aber ist komplizierter … Ich wollte mich von Lewinsky trennen, aber ich habe das nicht geschafft. Ich habe alles Tag für Tag hinausgeschoben. Obwohl er monatelang nicht mehr nett gewesen ist zu mir. Das war unübersehbar. Aber minutenlang war er es dann doch wieder, und also fehlte mir die Kraft, ihm zu sagen, dass ich ihn grundsätzlich nicht mehr sehen will … Ja, wir hatten ein Verhältnis, aber auf dem Flug hierher war ich wirklich schon so weit, dass ich ihm sagen wollte, es ist alles vorbei, aber hier in Jerusalem hat er mich wieder bezaubert … Jetzt bin ich froh, dass ich hier liege, weil die Krankheit die Notwendigkeit hinausschiebt, Beschlüsse auszuführen. Hier überlasse ich mich, ohne nachzudenken, diesem angenehm traurigen Karbolgeruch, der schneeweißen Öde der Wände und Verbände, dem regelmäßigen Wäsche- und Leintuchwechsel, meinen Kopfschmerzen und dem grässlichen Tee, dem Getropfe von diesem Gestell, den Vorschriften der überforderten Schwestern, den bekümmerten Blicken der ebenfalls überforderten Ärzte – und dem anschwellenden und verebbenden Besuchergeschwätz bei meinen Nachbarinnen hinter diesen Vorhängen."

„Und was macht Lewinsky? Wieso kennen Sie ihn überhaupt?"

„Ich bin Kroatin. Historikerin. Ja, aus der Familie des bekannten Josip Juraj Strossmayer. Der vor hundert und mehr Jahren ein sehr kroatisch-nationaler Bischof gewesen ist. Und wahrscheinlich bin ich schon allein wegen meines Namens in den letzten Jahren, in denen wir wieder ein sehr nationalkroatisches Regime gehabt haben, wann immer ausländische Besucher gekommen sind, zu allen Empfängen eingeladen worden … Warum? Erstens wegen des Namens, zweitens, weil ich viel von der Geschichte Kroatiens weiß, aber vor allem, weil ich immer schon mehrere Sprachen besser gesprochen habe als die meisten anderen Frauen in Agram … Und einmal war da in einer Delegation aus Bonn auch dieser Franz Joseph Lewinsky. Einer, der überraschend viel über Josip Juraj Strossmayer gewusst hat, weil er als Theologiestudent über ihn gearbeitet hat ... Ich glaube nicht, dass Sie das wissen, aber dieser Strossmayer wollte in Rom damals schon eine gemeinsame Sprache bei der Messe für alle drei südslawischen Völker durchsetzen. Für die Slowenen, die Kroaten und die Serben. Ja, es gibt auch heute immer noch viele serbische Katholiken, und es gibt bei uns, speziell in Dalmatien, seit Kyrill und Method, eine bis heute ungebrochene glagolitische Tradition, ja, Glagolitisch ist eine altslawische Sprache, kurz ... Ist er schon abgeflogen?"

Nadja schüttelt den Kopf.

„Ah, nein ...? Ich war eigentlich überzeugt davon, dass er das Land verlassen haben wird, bevor ich hier herauskomme. Nein, er ist kein feiner Mensch. Er bemüht sich zwar, so auszusehen, aber das hilft nichts. Er ist nur gut Freund mit jemandem, solange alles gut geht. Danach nicht mehr ... Sein Unglück ist, er hat in den letzten Jahren viel verdient, ist aber trotzdem unzufrieden. Weil er nichts im Kopf hat als Geld. Nur Geld gilt etwas. Und nur der gilt etwas in seinen Augen, von dem er Geld bekommen kann. Niemand sonst ist ihm irgendeine Aufmerksamkeit wert ... Ja, ich liebe ihn immer noch, aber doch nicht mehr so absolut wie früher. Ich mag ihn, aber ich mag ihn auch nicht. Die Wahrheit ist, ich liebe ihn immer noch ein wenig, aber ich hasse ihn auch schon ganz schön. Und das ist jetzt, glaube ich, das Entscheidende. Mein Hass ist größer als der kleine Rest von Liebe ... Nein, diese Araberbuben haben mich an dem ersten Abend nicht zufällig erwischt. Ich bin schon mitschuldig. Ich bin in den letzten Jahren

Lewinskys Außenstelle in Agram gewesen. Ja, er lebt seit Jahren von unerlaubten Geschäften, und da er immer wieder, vor allem hier im Nahen Osten, von Leuten, die ihn von früher her kennen, besonders sorgfältig beobachtet wird, nimmt er seit einiger Zeit mich auf alle Reisen mit ..."

24

Uri und Nadja sind sofort ins Jordantal gefahren, und die dunstigen lila Hügel am Horizont, die sie jetzt vor sich sehen, sind schon jordanisch, rechts liegt das Tote Meer im friedlichen Sonnenglast, aber hinter den letzten, regelmäßig angepflanzten, israelischen Palmwäldern sieht man doch noch auf beiden Seiten der staubtrockenen Schotterstraße die Relikte des letzten Wüstenkrieges, die zerrissenen Stacheldrahtverhaue, die zerschossenen Betonmauern, die ausgebrannten Stellungen und die kleinen, roten Dreiecke, die immer noch vor Minen warnen.

Ein paar verkrüppelte, kahle Bäume stehen aschfarben vom Staub neben dem Weg, und ein ebenso angestaubter Militärjeep begleitet Uris Wagen zu dem ehemaligen griechisch-orthodoxen Kloster, von dem Dany Gruenspan und Alfreda Strossmayer erzählt haben, und wo man die Kontaktperson von Maurice Haussman zu finden hofft.

Uri hält sogar für möglich, dass auch die beiden Söhne von Abu Khadr, die verschwunden sind, sich hierher geflüchtet haben könnten. Vielleicht haben auch sie durch Lewinsky, der nicht mehr kommen kann, von dieser Kontaktperson erfahren und wollen den Mann von der neuen Situation informieren.

Das Kloster taucht auf. Trockene, hellbraune Lehmmauern. Ein doppelarmiges Kreuz sitzt auf einer plumpen Lehmkuppel über der fensterlosen Umfassungsmauer. Das einzig Einladende ist ein verwaschenes, blassblaues Holztor, das weit offen steht. Das Tor wirkt hier mitten in der Wüste wie ein Gruß von einer griechischen Insel.

Niemand ist zu sehen. Hier ist militärisches Sperrgebiet. Die Soldaten gehen mit dem Gewehr im Anschlag in den Hof. Die Zivilisten folgen. Neugierig, aber doch mit gebotenem Sicherheitsabstand.

Ebenerdig sind rechts und hinten offene, sichtlich lang schon geräumte Zimmer, in der Hofmitte steht mit herausragenden Stahlfedern eine ramponierte Autositzbank neben einem kaputten, weißen Plastiksessel, und auf mehreren, im weiten Hof herumliegenden Leitern könnte man zu den Räumen im ersten Stock hochklettern, aber dort oben sieht alles, soweit man das erkennen kann, ebenso desolat aus. Das Kloster wirkt wie eine heruntergewirtschaftete, verlassene Wüstenkarawanserei.

Aber es hat eine kleine, vom zweiten Hof aus betretbare Kirche. Das Betreten wird einem allerdings nicht leicht gemacht. Man muss sich tief bücken, die Türöffnung ist niedrig, vor allem aber ist der innen vor das Tor gehängte Teppich so schwer, dass man ihn kaum wegschieben kann.

Der kleine Raum ist überraschend sauber, der Boden des weiß ausgemalten, würfelförmigen Gebetsortes mit Strohmatten ausgelegt, und rechts steht ein mannshoher, mit grünen Lappen verhängter Sarg.

Das muss ein Wüstenheiliger sein. Ein moslemischer wahrscheinlich. An der Wand hinter dem Sarg aber lehnen Reste einer griechisch-orthodoxen Ikonostase. Die dazugehörigen Klosterbrüder haben die siegreichen israelischen Militärs jedoch wohl schon 1967 wegen der Grenznähe weggebracht.

Das Kloster wurde, nachdem die Mönche es verlassen hatten, sichtlich aber trotzdem weiterhin als Treffpunkt benutzt. Von Maurice Haussman und seinen Kunden. Denn in dem größten Raum im ersten Stock, dem ehemaligen Refektorium, zu dem man von dem kleinen Platz vor der Kirche auf einer schmalen Freitreppe hochklettern kann, stehen auf einem wurmstichigen Holztisch unzählige staubige Flaschen und Gläser und hinter dem Tisch ramponierte, typisch neugotische, staubige Klosterstühle.

Auch ein altes Batterie-Radio ist da. Auf Knopfdruck gibt es Louis-Armstrong-Jazz von sich, der allerdings schnell in jordanische Nachrichten übergeht. In englischer Sprache. Es ist fünf Uhr. Uri schaltet die Kiste nach kurzem Hinhören wieder aus.

An der Stirnseite des alten Refektoriums hängt ein desolates, eher primitives Ölbild, das Maurice Haussman wohl hier gelassen hat, weil es ihm zu schäbig gewesen ist für seinen eleganten Laden. Das Bild zeigt das Gesicht eines fanatischen Mannes. Zweifellos ist das Johannes der Täufer, denn der Mann tauft, das Volk gafft, und Jesus steht bis zum Bauch im Wasser.

Nadja merkt, wie verloren sie in diesen Heiligengeschichten ist, wenn sie ohne den erklärungswütigen Josef in solchen urchristlichen Gemäuern unterwegs ist … Josef würde hier sicher zuerst einmal mit all seinen Schafen zu der berühmten Fluss-Stelle gehen, wo das fantasieanregende Gottestheater vor rund zweitausend Jahren tatsächlich stattgefunden haben soll. Diese ‚Taufe des Heern' mit den weltbekannten Zurufen aus den Wolken … Uri hingegen führt Nadja nur in das Zimmer über der Einfahrt, von dem man die beste Aussicht hat auf die im Sonnenlicht flirrende Schotterstraße, auf der der gesuchte Mörder sich nähern soll.

Es ist stickig heiß. Dass wenige Kilometer von hier, in den Bergen von Judäa, rund um das Heilige Jerusalem noch gestern Schnee gefallen ist, kann man sich hier kaum vorstellen.

Warum er so sicher sei, fragt Nadja, dass der geheimnisvolle Käufer aus Kalifornien ausgerechnet heute Maurice Haussman hier habe treffen wollen? Frau Strossmayer könne sich geirrt haben. Vielleicht hat sie sogar gelogen. Möglicherweise ist das hier ja überhaupt nichts als ein ganz raffinierter Hinterhalt …

„Das wird sich herausstellen. Im Kalender von Maurice Haussman", sagt Uri vorsichtig, „den ich mir anschauen konnte, steht als Übergabedatum das heutige. Neben einer durchgestrichenen Sonne. Das heißt wohl: nach Sonnenuntergang. Und wenn meine Theorie stimmt, dass Maurice Haussman seine Partner immer hierher bestellt hat, brauchen wir nur zu warten."

Uri scheint recht zu haben. Noch vor dem Sonnenuntergang nähert sich von Osten eine Staubwolke, und der Offizier, der neben Nadja und Uri hier heroben Wache hält, spricht aufgeregt in sein Funkgerät.

Er nehme an, sagt er, dass die Leute, die da kämen, bewaffnet seien. Möglicherweise werde jetzt gleich geschossen. Alle sollten sorgfältig in Deckung gehen.

Die Soldaten folgen seiner Anweisung und ziehen sich auf den drei Seiten des Hofes, von wo man das Tor im Blick hat, in die verschiedenen Zimmer zurück. Niemand ist zu sehen. Aus dem Kloster hinaus geht bewusst niemand, obwohl das Tor weiterhin weit offen steht.

Die Autos seien alle hinter dem Kloster, sagt Uri, von der Straße könne man nicht sehen, dass schon jemand hier sei. Gut möglich, dass die Ahnungslosen, die da kämen, jetzt gleich sehr überrascht sein würden.

Der Wagen kommt langsam näher und fährt tatsächlich in den Hof herein, als wäre dies das Normalste von der Welt ... Ein paar Sekunden später aber halten die israelischen Soldaten dem Ankömmling von allen Seiten ihre Maschinenpistolen entgegen.

Die Situation scheint sich jedoch schnell zu entspannen. Uri verhandelt intensiv mit dem Fremden.

Nadja kommt langsam näher und sieht, dass tatsächlich ein ihnen allen Unbekannter in einem jordanischen Armeewagen hier ins Niemandsland gekurvt ist. Er ist allerdings kein Jordanier, sondern ein weißhaariger, hakennasiger Amerikaner. Ein Universitätsprofessor aus dem Wüstennest Riverside. Also ein Gelehrter der State University of Southern California. Und er gibt auch sofort zu, dass er mutterseelenallein in diesem jordanischen Militärjeep hierher gekommen sei, um diese neu aufgetauchten Qumran-Partikel aufzukaufen. Von Maurice Haussman. Er habe ihn hier schon einmal getroffen und höre nun mit Bedauern ... Ja, beim letzten Mal seien drei Fellachen aus der Gegend dabei gewesen, die da in der Nähe eine Menge Sachen gefunden hätten ... Nein, gewusst habe von seinem Treffen mit Maurice Haussman, sagt der Kalifornier, der so klapprig aussieht, als könne er nicht mehr ohne Hilfe über den Hof gehen, außer ihm nur dieser jordanische Offizier, der selbst ausgebildeter Historiker sei und immer wieder lautstark behaupte, die Israelis hätten siebenundsechzig alle Qumran-Rollen des damals jordanischen Rockefeller-Museums in Ostjerusalem widerrechtlich gestohlen, also hätten sie ohnedies jeden Rechtsanspruch auf neue Funde bis in alle Ewigkeit verloren.

Und ja, sagt er auch noch, dieser Jeep hier sei der Jeep dieses jordanischen Offiziers.

Das sei damals das offizielle Kriegsrecht gewesen, sagt Uri achselzuckend, aber gerade über die Qumran-Rollen habe man ohnedies einen Sondervertrag gemacht. Mit den Dominikanern. Also faktisch mit dem Vatikan.

Was helfe das bitte, fragt der Amerikaner leicht ironisch, den Jordaniern? Der Vatikan sei doch in Rom, oder?

Zwei Pferde kämen vom Toten Meer her, heißt es plötzlich.

Sofort beziehen die Soldaten und Polizisten wieder links und rechts vom Hoftor ihre Posten, und Nadja und die anderen Zivilisten ziehen sich in den zweiten, kleineren Hof zurück, während der schrullige Amerikaner von zwei Polizisten ins Refektorium hinaufgebracht wird, wo ein ausführliches Protokoll angefertigt werden soll.

Nadja schaut ihm nach. Was treibt diesen hakennasigen Greis wohl um die halbe Welt? Nimmt der wirklich die wüstesten Strapazen auf sich, nur um ein neues Papyrus-Partikelchen mit Altaramäisch zu ergattern, das sonst niemand hat? Nur um dem Geheimnis dieses Märtyrers Jesus Christus vielleicht einen Millimeter näher kommen zu können?

Man hört Pferdegetrappel im vorderen Hof, ein Schuss fällt, plötzlich schreit jemand, aber es bleibt bei diesem einen Schuss, der allerdings noch gewaltig nachhallt im hinteren Hof. Danach ist es still. Man hört nur leise Stimmen. Offenbar wird im vorderen Hof leise verhandelt.

Da niemand sie zurückhält, wagt Nadja sich vorsichtig wieder etwas vor und sieht mitten im Hof zwei Reiter auf langbeinigen Pferden, und von der Balustrade des ersten Stockes herunter schreit jetzt Uri den beiden mit einem Megafon etwas zu …

Der erste Reiter steigt daraufhin ab, zieht das Beduinentuch vom Kopf, schüttelt die langen, roten Locken, und Nadja sieht überrascht, dass dieser Reiter kein Reiter ist, sondern eine Reiterin.

Und sieht vor allem, dass diese Reiterin keine Fremde ist, sondern die ihr wohl bekannte Frau Professor Lewinsky.

Und der andere?

Langsam steigt auch der ab, zieht das weißschwarz gewürfelte Palästinensertuch von seinen kurzen, grau melierten Haaren, und Nadja sieht, dass sie auch diesen Mann kennt.

Nein, kein Zweifel ist möglich, der Kleine neben dem Riesenpferd ist ihr Kameramann, aber sie kommt nicht umhin, zu bemerken, dass er ohne seine vielen Kameras, die er üblicherweise am Bauch baumeln hat, keine sehr heldenhafte Figur abgibt.

25

Während ihr Kameramann im Refektorium auf seine Vernehmung wartet, erklärt er Nadja, warum und wie er in diese Situation geraten ist.

Allerdings nur flüsternd. Denn links und rechts von ihm sitzen zwei Polizisten, die haben ihre Gewehre schräg über die Knie gelegt, und an Flucht ist also nicht zu denken.

Und der Gefangene denkt auch nicht dran. Er versucht nur, mit Nadja zu überlegen, wie er sich aus diesem Schlamassel herausreden kann.

Nein, eine wirkliche Schuld habe er nicht, behauptet er, schuld sei ausschließlich Lewinsky. Der sei verhaftet worden, und Frau Professor Lewinsky habe daraufhin von ihrem Mann nur mehr erfahren, dass also sie heute hier einem Kalifornier das Qumran-Material übergeben müsse, das Abu Khadr sich vom toten Maurice Haussman geholt und Lewinsky in Betlehem übergeben habe. Frau Lewinsky habe aber nicht gewusst, wie sie hierher finden könne. Da habe ihr Mann ihr gesagt, er, der Kameramann, müsse sowieso noch das Material fotografieren, danach könne er sie gleich hierher führen, denn er habe da in der Nähe in einem Kibbuz gelebt ... Ja, von dort seien auch die Pferde. Kurz, weil die Soldaten ja wirklich immer nur Autostraßen bewachen würden, seien sie beide über die Saumpfade durch die Palmenwälder und am Toten Meer entlang tatsächlich schnell und gut hierher gekommen.

Uri kommt und winkt Nadja. Er müsse sofort zurück, sagt er geheimnisvoll, Fingerabdrücke auf dem Leuchter von Maurice Haussman seien identifiziert worden. Und der Mann, dem die Finger gehörten, sei tatsächlich dieser Abdullah Husseini.

„Was?“

„Ja, erst haben die Söhne von Abu Khadr offenbar auf Maurice Haussman eingedroschen, dann aber hat sein Exliebhaber den Leuchter genommen und noch einmal kräftig zugeschlagen.“

Uri will so schnell wie möglich ins Büro, aber der Wagen wird schon an der ersten Steigung nach der Jordanebene merkbar langsamer. Uri will das nicht glauben, tritt heftig auf das Gaspedal und flucht apokalyptisch laut auf Ungarisch, aber der Wagen wird trotz aller Anstrengung nicht nur nicht schneller, er bewegt sich überhaupt kaum mehr, und nach ein paar Sekunden kann Uri ihn gerade noch nach rechts, auf den Sandstreifen leiten, und dort bleibt der SAAB stehen, als habe er sich niemals vorher auch nur einen Millimeter bewegt.

Wenn es jetzt ernsthaft um diesen Totenvogel gehe, könne sie ihm etwas zeigen, sagt Nadja in die kurze Stille hinein, in der beide zur Kenntnis nehmen müssen, dass es zu Fuß zu weit ist nach Jerusalem.

Uri nickt, ruft im Büro an, gibt Auftrag, dass sie beide jemand beim Wadi el-Kelt abholen kommt, und bittet, man möge auch gleich seine Werkstätte verständigen. Die Burschen sollten seine Kiste hier abholen, sobald die einen Kranwagen frei hätten. Er fürchte zwar, dass alle Reifen abmontiert sein würden, wenn er den Wagen auch nur eine Stunde da allein lasse, aber er könne nicht ewig hier warten, er müsse jetzt wirklich sofort zu diesen Fingerabdrücken …

Wütend wirft er sein Handy auf den Rücksitz und schaut sich das Blatt an, das Nadja ihm zeigt. Sie fragt, ob sie ihm die paar Zeilen vorlesen soll? Die mit diesem Abdullah Husseini, also mit Horst Forestier zu tun hätten …? Sie sucht die entscheidende Zeile und liest: „Lieber Maurice, ich danke dir für das Buch über Herodes. Was für ein Mann …“

„Was hat denn jetzt Herodes mit diesem Horst Forestier zu tun?“

„Wart ab“, sagt sie und liest weiter. „Herodes war genauso hochbegabt und misstrauisch wie Horst. Beide haben auch die Liebe zur Architektur gemeinsam. Der Unterschied ist nur, Herodes hat viel gebaut, nicht nur die Klagemauer in Jerusalem und das Herodeion bei Betlehem, Horst aber redet immer nur davon, dass er demnächst in Gaza gleich mehrere neue Stadtteile errichten wird … Am erstaunlichsten aber finde ich, dass dieser offiziell so elegante und gebildete Ästhet und Schöngeist Herodes privat so entsetzlich brutal gewesen ist. Er hat seine ganze Familie ausgerottet. Sogar seine Frau Mariamne hat er umgebracht. Aus Eifersucht. Und da denke ich manchmal, Horst trau ich das auch zu … Weil du doch jetzt mit mir zusammen bist. Vielleicht solltest du dich nicht mehr allein treffen mit ihm …“

Langsam hebt Nadja den Kopf und schaut Uri an. Er reibt sich mit beiden Händen die Augen. Sagt aber nichts.

Auch sie will jetzt nicht reden und lehnt sich zurück. Rundum ist es dunkel geworden. Alles ist plötzlich anders. Ob Josef alle seine Frauenbeziehungen nur erfunden hat? Sind das gar keine Frauen gewesen, mit denen er seine Weltreisen gemacht hat, sondern immer nur alte, reiche Männer wie Maurice Haussman? Und Horst Forestier war schlicht eifersüchtig? Auch dann noch? Mit diesem verdammten Mord-Leuchter in der Hand?

Bleibt die Frage: Wo ist der Mann jetzt? Wo kann man ihn finden? Auf dem Flugplatz? In irgendeinem Hafen? In einem Taxi? Oder auf einem Kamel? Ist er schon irgendwo in der Wüste? Unterwegs nach Bagdad?

26

Am nächsten Tag, einem Montag, der für alle Christen, Juden und Moslems wieder ein normaler Arbeitstag ist, nimmt Professor Guggi Nadja zu seinem Freund Abu Said mit, der, wie man sagt, mittlerweile der allerälteste Altertümer-Händler in der Altstadt ist, und dem heute früh jemand gesagt hat, er möchte die Journalistin Nadja Assad unbedingt und so schnell wie möglich sehen. Bevor er weg müsse. Aber nicht irgendwo in einem Restaurant möchte er sie sehen, sondern in einem möglichst stillen Laden zur ruhigsten Tageszeit. Also am besten in der Höhle des Abu Said am frühen Nachmittag.

Langsam gehen Professor Guggi und sie vom Österreichischen Hospiz die etwas ansteigende Via dolorosa zum Ecce-Homo-Bogen hinauf, zu den mächtigen Gebäuderesten der Augustafestung am Tempelberg, wo tief im Inneren der mächtigen Anlage aus der Römerzeit, von der nur das unterste Stockwerk erhalten ist, in den grottenartigen Gewölben in den Jahren der wachsenden Touristenströme aus Amerika teure Geschäfte entstanden sind. Besonders eigenartige Teppiche aus Persien würden hier verkauft werden, alle Arten von Kunsthandwerk, vor allem aber speziell christliche Fundstücke aus den frühen Jahrhunderten. In letzter Zeit aber, sagt Professor Guggi, sei das Geschäft allerdings, habe sein Freund ihm erzählt, entsetzlich zurückgegangen. Aber es sei allen auch klar, warum. Wo Bomben fliegen würden, seien reiche Leute nie gern.

Das sei ihr schon klar, sagt Nadja, er dagegen, Professor Guggi, sei ihr aber doch immer noch ein Rätsel. Er gehe ohne Gewissensbisse mit allerlei Verbrechern um, sei selbst aber offenbar keiner.

Der alte Mann aus Osttirol nickt. Er sei wahrscheinlich aber nur deswegen keiner, weil er keiner sein müsse. Wenn er, um zum Beispiel an neue Qumran-Texte heranzukommen, ein Verbrecher sein müsste, wäre er wahrscheinlich einer.

Nadja schaut ihn zweifelnd an, aber Professor Guggi zuckt nur mit den Schultern. Vorsichtig führt er Nadja in das dunkle, schattige Verließ seines Freundes Abu Said, in dem die Relikte der antiken Totenkulte den neugierigen Augen der Gegenwart schutzlos ausgesetzt sind.

Nadja sieht zuerst eine Reihe von Amphoren in altmodischen, staubigen Glasvitrinen im ersten Raum des Verließes, im nächsten Raum ziegelgraue und braunrote Graburnen, am besten aber gefallen ihr die bauchigen Schüsseln und die Steinfriese mit den römischen Portraits, die an den beiden hintersten Seitenwänden stehen.

„Ich kenne“, sagt Professor Guggi, „Abu Said seit vierzig Jahren. Er ist Metaphysit. Er glaubt nicht, dass Jesus Gott gewesen ist. Wie viele hier im Heiligen Land. Das unterscheidet ihn von den Lateinern. Rom hat anders entschieden. Und: Roma locuta, causa finita ... Ja, sein Tick, besser gesagt sein Geschäftsprinzip ist, dass er nur mit steinalten Sachen handelt. Mit von Fachleuten beglaubigten Funden vom Toten Meer, von Masada und vom Sinai. Seine Familie lebt schon ewig in Jerusalem, und er seit Jahrzehnten hier zwischen diesen Fundstücken. Museen in aller Welt sind seine Kunden. Er ist, wie man sieht, wesentlich archäologischer sortiert als Abu Khadr und viel archaischer als Maurice Haussman es je gewesen ist."

Ein dünner Mann im langen, khakifarbenen Arabergewand sitzt neben einer hellen Karbidlampe und betrachtet mit Hilfe einer mächtigen Lupe ein winziges Siegel und dessen Abbildung in einem zerfetzten Katalog.

Auf den Gruß seiner Besucher hin hebt er den Kopf, erkennt die Stimme des Professors, deutet auf einen Hocker und wendet sich wieder seinem Siegel zu.

„Tee?"

Der Alte zieht automatisch an einer Schnur, und von draußen steckt ein junger Mann seinen Kopf in die Ladentür.

„Zwei Tee", sagt Abu Said.

„Drei", verbessert Professor Guggi. „Ich habe die junge Dame mitgebracht, die dein Bekannter sehen will."

„Drei Tee", bestätigt Abu Said, der Kopf des jungen Mannes verschwindet, und der Alte wendet sich nach einer Handbewegung zur Tür Nadja zu. „Der Mann, der Sie sehen will, wird sofort verständigt. Er möchte, hat er mir gesagt, selbst sagen, wer er ist."

Nadja nickt und fragt nach einer Anstandspause leise: „Und wer ... Wer hat Maurice Haussman umgebracht?"

„Die Angst, denke ich."

„Wer?"

„Seine eigene Angst ... Jeder Händler lebt davon, dass er etwas verdient. Und die jüdischen Händler verdienen in dieser Stadt seit fünfzig Jahren immer mehr, die arabischen aber weniger. Auch ich. Nur hatte ich reiche Großeltern, Abu Khadr aber hat nur fünf unruhige Söhne ... Und außerdem verdreckt die Altstadt, es kommen zu wenig Touristen, und die, die kommen, wollen wenig Geld ausgeben. Deshalb kam Maurice Haussman, der mit seinen hübschen Dingen in letzter Zeit ebenfalls nicht allzu viel Geld gemacht hat, auf zwei für ihn neue Geschäftszweige. Auf den verbotenen Handel mit Qumran-Partikeln und auf den mit Heroin. Um beides aber hatte sich bisher Abu Khadr gekümmert. Da hat Abu Khadr Angst bekommen ... Sehr viel geschieht in der Welt, weil die Leute Angst haben. Er hat Maurice Haussman ein Angebot zur Zusammenarbeit gemacht. Das der leider abgelehnt hat, ja, er hat Abu Khadr sogar noch erpresst, weil er von irgendwoher gewusst hat, dass der jüngste Sohn mit einer Kalaschnikow, in einer dieser unseligen Mondnächte in der Altstadt, von einem Flachdach herunter einen Orthodoxen erschossen hat. Der zur Klagemauer unterwegs gewesen ist. Ich denke, diese Erpressung war endgültig zu viel für den Alten. Er wollte auf jeden Fall einem Besuch der Polizei bei ihm wegen dieses Sohnes zuvorkommen, und das wenigstens scheint ihm ja auch gelungen zu sein. Denn jetzt kann Maurice Haussman nirgends mehr hingehen. Schon gar nicht zur Polizei."

Wieder entsteht eine Pause.

„Und Lewinsky?"

„Ach, Lewinsky! Der war immer nur Kurier. Er

hat aus Deutschland wieder Heroin mitgebracht und wollte viel Geld dafür, das hatte aber noch der Kalifornier, der kein Heroin wollte, sondern einen Qumran-Papyrus, und da nun Maurice Haussman nicht mehr da war, musste Lewinsky sich selber um die Abwicklung des Dreiecksgeschäftes kümmern. Solange die Polizei ihn nicht behinderte, gelang ihm das auch gut. In dem Moment, wo er selber festsaß, musste er allerdings seine Frau losschicken. Und die hat dann alles verspielt."

„Und was hatte Mitterauer damit zu tun?"

„Dieser Wiener ist immer wieder mit neuen Touristengruppen herumgezogen und wollte jedesmal sofort siebzig Prozent. Auch hier. Bei mir. Er hat sicher Fantasie gehabt, aber er hatte allmählich doch zu viele Rechnungen offen. Auch eine mit diesem Herrn. Der da kommt."

Mit einem Ruck dreht Nadja sich zur Tür und ist sprachlos. Der Totenvogel Forestier schwebt herein. Mit seiner langen Nase und dem dünnen, am Hinterkopf wackelnden Zopf. Er tut etwas geblendet und grüßt nur leise.

„Wie schön, dass ich Sie noch einmal sehen kann, Nadja Assad", sagt er immerhin und macht sich dann mit seiner hohen Stimme kurz lustig über die winterliche Finsternis hier, während draußen die erste Frühlingssonne schon bald wieder untergehe.

„Sie wissen", antwortet Nadja verblüfft, „dass die Polizei Sie sucht?"

„Ach, um die hiesige Polizei hab ich mich nie gekümmert. Ich bin in ein paar Stunden in Bagdad. Wenn nicht Sie in letzter Minute wieder Ihren Freund vom Geheimdienst anrufen. Weil Ihnen meine Nase zu lang ist. Oder sonst was an mir. Aber lassen Sie uns, bitte, über Wichtigeres reden. Berichten Sie über den Tod von Maurice Haussman, was immer Sie wollen, aber berichten Sie, bitte, wenn möglich etwas objektiver über die allgemeinen politischen Vorgänge in diesem Land. Es gibt Leute in aller Welt, die beklagen nicht nur laut die zunehmende, abstoßende Rücksichtslosigkeit der Zionisten, die tun auch etwas dagegen. Wie ich ... Aber alle Ihre Berichte empfinden wir leider in dieser für alle Palästinenser immer schwierigeren Situation als maximal kontraproduktiv."

„Wer ist wir?"

„Es ist, denke ich, besser, ich erzähle Ihnen nicht zu viel. Sie erzählen ja alles sofort weiter. Aber sollten Sie als halbe Araberin, die Sie sind, wie ich auf Grund Ihres schönen Namens Assad hoffe, tatsächlich einmal den Arabern helfen wollen, rufen Sie mich, bitte, an." Er zeigt auf Abu Said. „Er wird immer wissen, wo er jemanden findet, der weiß, wo ich bin ... Sie werden schon sehen, es gibt immer noch viele Leute, die nie aufhören werden, Gerechtigkeit zu verlangen. Nicht nur in Gaza und auf der Westbank, auch hier in Ostjerusalem. Und Sie wissen so gut wie ich, dass auch die Römer, die irgendeinmal ohne seriöse Berechtigung vom Meer hier heraufgekommen sind, keineswegs ewig die Herren geblieben sind in diesem Land. Obwohl sie so herrliche Amphoren hinterlassen haben wie diese", sagt er leise, streicht liebevoll mit einer Hand über ein altes, ehrwürdiges Weingefäß und wendet sich wieder Abu Said zu. „Ich melde mich, wenn es so weit ist."

Nadja hält ihn am Ärmel fest.

„Wenn was so weit ist?"

„Wenn es doch keine ewige Einigung zwischen

den israelischen und den palästinensischen Verhandlern geben sollte“, sagt der Totenvogel und will wieder gehen, aber Nadja hält ihn fest.

„Josef Mitterauer hat, bevor Ihre Freunde ihn erschlagen haben, mit einem Unbekannten geredet. Im verschneiten Kreuzgang. Waren Sie das?“

„Ja. Ich habe ihn ein letztes Mal gewarnt. Aber er hat auch da noch geglaubt, er sei der Größte.“

„Aber deswegen bringt man doch niemanden um!“

„Er hat wieder behauptet, er sei dabei gewesen, wie der jüngste Sohn von Abu Khadr diesen othodoxen Studenten, der auf dem Weg zur Klagemauer gewesen ist, niedergeschossen hat. Josef Mitterauer ist da aber nie im Leben gewesen. Er hat sich nur von Maurice Haussman für diese Aussage mit sehr viel Geld bezahlen lassen … Dazu kann ich jetzt wirklich nur noch sagen, wer so leichtsinnig wie er mit dem Leben eines anderen umgeht, muss sein eigenes besser schützen. Ich habe ihm das gesagt, aber er hat nur gelacht. Wie üblich. Diesmal jedoch nicht übermässig lang … Ich, um das klarzustellen, hätte ihn deswegen nicht umgebracht, aber ich hab ihm auch nicht geholfen, sich zu verteidigen, das ist wahr … Über mich können Sie übrigens in Ihrem Sender sagen, was Sie wollen. Auch, dass ich persönlich Maurice Haussman mit einem Leuchter erschlagen habe. Das können Sie alles ruhig sagen, denn erstens steht in meinem neuen Pass ein völlig unbelasteter Name, und zweitens stimmt es ja auch. Nein, eine Frau wie Sie wird nie begreifen, warum ich das tun musste, aber auch wenn Sie es begreifen könnten, würde diese Nachricht niemanden interessieren … Nein, Sie müssen nicht schon wieder Ihren Freund beim Geheimdienst anzurufen. Ich habe vorhin selbst die Polizei davon informiert, dass die mich hier im Heiligen Land nicht mehr suchen müssen."

Beschwingt geht er hinaus. Nadja zögert einen Moment, dann ruft sie Uri an.

27

Langsam geht Nadja zwischen den palästinensischen Läden die enge Kettengasse zum Jaffator hoch, spürt hinter sich die Altstadt und vor sich das neujüdische Jerusalem, die blasse Wintersonne versinkt rosarot hinter dem King-David-Hotel in den Horizontwolken, der Schneematsch wird auf dem Weg ins Tal hinunter merkbar härter, richtig rutschig wird es unter den Schuhen, es ist fünf Uhr, und die Dezemberabende sind schon normalerweise kühl, denkt sie und zieht ihren Mantel enger, aber nach diesem weihnachtlichen Schlechtwettereinbruch kann die kommende Nacht richtig eisig werden …

Die Gesangskonserven der Muezzine in der Altstadt werden eingeschaltet. In Jerusalem vergeht keine Minute, in der nicht irgendwo gebetet wird. Unter einem Gebetsschal, vor einem Kruzifix oder auf einer Matte in Richtung Mekka. Vierundzwanzig Stunden lang halten hier jeden Tag immer irgendwo Tiefgläubige Zwiesprache mit ihrem Schöpfer, der offenbar genau hier oben in der endlosen Weite des Himmels über dem Heiligen Land seinen Thron haben muss, kurz, Jerusalem ist nicht nur immer noch das Zentrum der Schöpfung für viele Gläubige, Jerusalem ist vor allem die Hauptstadt der unzähligen religiösen Widersprüche. Nirgends auf der Welt ist die

Rivalität und Relativität der Glaubensbekenntnisse so evident wie hier …

Nadja geht vorsichtig den Hügel hinunter, geht dann jenseits des Tales schnaufend den steilen Weg zum King-David-Hotel hinauf, spürt an der kalten Luft, dass hier in den Gärten noch viel Schnee liegt, und plötzlich bemerkt sie, wie allein sie unterwegs ist. Man könnte richtig Angst kriegen.

Hinter vielen Fenstern sieht sie jetzt allerdings auch das warme, tröstliche Licht der Chanukka- und der Weihnachtskerzen … Ja, das sind die stillsten Abende des Jahres. Alle, die den Tag über hektisch unterwegs gewesen sind, sitzen nun beim ‚Abendbrot'. Mit ihren Familien. Und feiern entweder immer noch die Geburt des Christuskindes oder die Erinnerung an den Sieg des Judas Makkabäus über die syrischen Soldaten … Ja, sie weiß jetzt alles über das Chanukka-Fest, weil Günter in der ‚Neuen Zürcher' beschrieben hat, wie sich das allerchristlichste Weihnachtsfest allmählich aus dem jüdischen Chanukka-Fest herausentwickelt hat. Die beiden Feste sind einander sehr ähnlich. Beide feiern die jeweils wichtigsten Gottesgeschenke. Einerseits die Erinnerung an den wieder errichteten Tempel auf dem Tempelberg, andererseits den neugeborenen Messias Jesus Christus, der da drüben in der Grabeskirche sein Grab hat … In dem er allerdings nicht geblieben sein soll. Kurz, beide Ereignisse, die Wiedererrichtung des Tempels und die Geburt des Messias werden seit zweitausend Jahren rund um die Welt in den finstersten Nächten des Jahres hoffnunsfroh mit unzähligen Kerzen gefeiert, die vergessen lassen sollen, dass der wieder errichtete Tempel kurz danach endgültig zerstört, und dass der Messias brutal gekreuzigt worden ist.

Günter hat darüber einen witzigen Artikel in der NZZ geschrieben ... Ob er schon zu Hause ist?

Ja, und wie er zu Hause ist! Er ist nicht nur zu Hause, er hat sogar schon einen Cognac-Schwenker in der Hand, sitzt in seinem Lieblingsfauteuil und sieht auf 3-SAT einen Bericht aus der Heimat ... Eine Sendung seiner geliebten SRG. Der Schweizer Rundspruchgesellschaft. Und kommentiert verblüfft, dass es an diesen heiligen Weihnachtstagen in Zürich weniger Schnee gibt als in Jerusalem. Nämlich gar keinen. Dafür aber Frühlingsblumen rund um den See. Das ganze Schweizerland, sagt er, sei aber trotz dieser verrückten Schneerosen im tiefen Winterschlaf. Nicht einmal die NZZ erscheine an diesem Jahreswechsel innerhalb von vierzehn Tagen mehr als ein paar Mal. Man müsse sich fragen, wie eine seriöse Ökonomie so viele Feiertage ertragen könne! Das Fernsehen sei da eine rühmliche Ausnahme. Wenigstens die Brüder der SRG würden jeden Tag senden. Schon daran erkenne man das zeitgemäßere Medium ... Sie, Nadja, sehe aber auch ziemlich zeitgemäß rasant aus und bringe zudem einen richtig herben Schneegeruch in die warme Stube. Ja, selbstverständlich wolle er von ihrem kühlen Mund geküsst werden, jetzt, sofort und so oft und so lange wie möglich ...

Sie zögert kurz, tut es dann aber doch.

Was, fragt er, wisse sie denn Neues?

„Alle Nebenfiguren sind gefasst worden, nur der, der Maurice Haussman und Josef Mitterauer wirklich auf dem Gewissen hat, ist unterwegs nach Bagdad."

„Überrascht dich das?"

Günter fragt das etwas grob.

„Die wirklichen Probleme werden in diesem Land doch nie gelöst. Die werden immer sofort und direkt Teil der Geschichte, und beim nächsten Wüstenkrieg fliegen die ganzen ungelösten Probleme dann endgültig in die Luft … Aber beruhig dich, Uri wird diesen Menschen schon fangen. Er muss nur warten. Bis der aus diesem Mausloch wieder herauskommt. In Bagdad bleibt niemand ewig. Außer er kriegt dort ein Ehrengrab. Aber apropos Ehrengrab, dort liegt ein Fax von deinem Chef."

Nadja schüttelt den Kopf. Sie hat jetzt absolut gar keine Lust, sich ein Fax von ihrem Chef anzuschauen.

„Apropos kurios … Was liegt denn da auf deinem Bauch? Eine Wärmeflasche?"

„Ein Teddybär", sagt Günter. „Ich habe ihn gekauft, damit er mit mir die Nachrichten anschaut. Ich bring ihm schon einmal bei, dass es Sendungen gibt, die für Kinder ungeeignet sind … Wenn ich mir vorstell, dass ich meine kleine Tochter da auf dem Schoß hab, sie voll von müdem Wohlgefühl ihre großen, blauen Augen zufallen lässt, die sie von mir geerbt haben wird, dass sie langsam einschläft auf meinem Bauch und leise zu schnarchen beginnt, freu ich mich jetzt schon sehr auf sie. Das stell ich mir richtig schön vor. Nein, im Ernst, nächste Weihnachten bauen wir hier einen echten kleinen Tannenbaum auf und … Diesmal sind wir ja leider in dieser mörderisch fußkalten Mette gewesen, aber im nächsten Jahr gehen wir keinen Schritt aus dem Haus, hängen lauter Schokokugeln an die Zweige, und unsere Speckmaus darf schon am ersten Abend alles herunterfressen … Mir war das ja leider nie erlaubt. Wie alt ist sie denn dann? Kann sie da schon mitbrummen? Wenn wir Weihnachtslieder singen?“

„Sieben Monate wird sie sein.“

„Und was tun Babys da?“

„Wenn wir auf dem Baum die Lichter anzünden? Dann wird sie die Lichter anglotzen wie dein Teddy jetzt den Fernsehapparat, sie wird auf deinem Schoß sitzen und spontan rülpsen. Wenn sie gut gegessen hat.“

Günter nickt befriedigt.

„Und wie wird sie heißen? Diana fänd ich nett“, sagt er, weil er Nadja aufziehen will.

„Diana? Diana ist mittlerweile das Letzte!“

„Doch vielleicht – Camilla?“

„Nein, das können wir ihr nicht antun … Ich bin für Maria“, sagt sie, „oder am besten gleich für Miriam.“

„Für Miriam? Findest du nicht, dass dieser Name, vorsichtig gesagt, etwas altmodisch ist …? Aber bitte, vielleicht hast du ja recht. Gerade in diese Stadt passt er vielleicht. Miriam ist ein jüdischer Name, die Moslems verehren die Maria auch, und in meiner Familie werden überhaupt alle begeistert sein, denn bei uns in der Schweiz sieht man garantiert nur das Christliche daran … Aber grad modisch, mein ich, ist der Name nicht.“

„Ist Rafi – modischer?“

„Raffaela, meinst du?“

„Modischer wäre der Name zweifellos“, sagt sie um einen Hauch schneller als bisher, „zumindest etwas schicker als Günter.“

„Na, ich bitte dich! Günter war damals sehr schick! Wie meine Eltern ihn für mich ausgesucht haben. Wir drei zu Hause hießen Günter, Gernot, Giselher. Diese Namen waren wirklich verdammt schick! Damals ... Aber du hast recht, damals waren auch Horst und Hermann, Gerald und Harald Mode, und dann sitzt man ein Leben lang da mit so einem Namen und erfährt eigentlich nie, warum man gerade so heißt und nicht anders ... Also gut, heißt sie halt Miriam. Miriam ist nett. Diana fände ich zwar wirklich klangvoller, aber so heißen jetzt wahrscheinlich zu viele ..."

Nadja denkt noch einmal kurz an das Fax von ihrem Chef, will es sich aber immer noch nicht anschauen, setzt sich lieber zu ihrem Mann und flüstert ihm zu: „Meine Ur-Idee war ja Günter. Von Günter gibt es aber leider keine weibliche Form ... Ja, ich weiß, Günter wär auch dir am liebsten."

Er nickt, und sie weiß, jetzt fühlt er sich rundum verstanden. „Ach, du", sagt sie mit ihrem gutmütigen und doch immer noch leicht selbstironischen Ton, während sie ihn küsst, „ich wollte dir schon lange wieder einmal sagen, ich liebe nur dich."

„Naja, sicher", sagt er, „das weiß ich doch."

AUSSCHNITT

Stadtplan Jerusalem

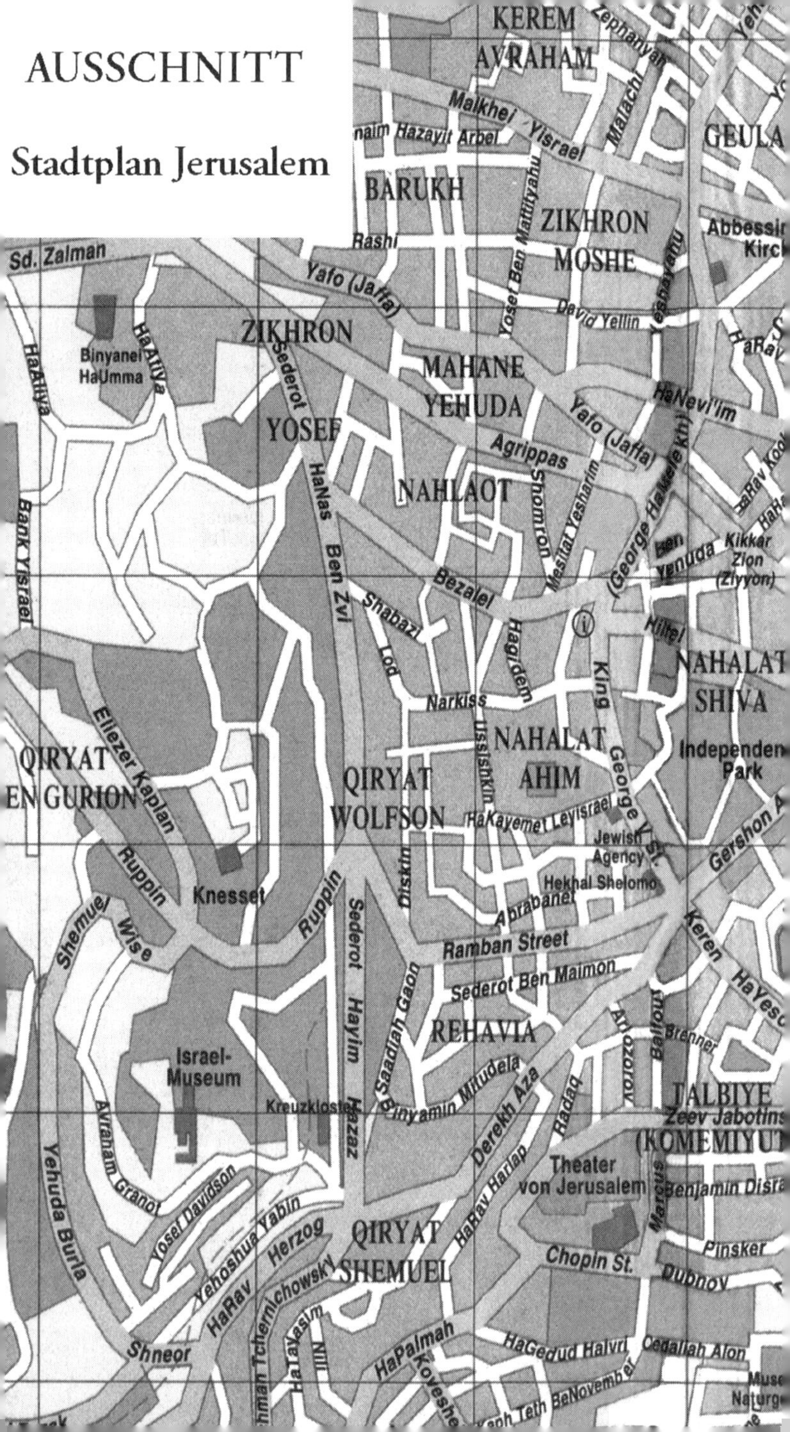